Evelyne Weissenbach

Tod eines Surfers

Für Alexandra.
Viel Spaß mit meiner Luise!
Evelyne W.

09/17

Schilfern am See und Guid sind fiktive Orte. Auch die Handlung dieses Romans ist frei erfunden. Ebenso entstammen die Figuren der Phantasie der Autorin. Darum sind eventuelle Übereinstimmungen mit lebenden oder verstorbenen Personen zufällig und nicht beabsichtigt.

Originalausgabe August 2017

Tel.: 0561/766 449 0, Fax: 0561/766 449 29

Titelfoto: © Jenny Sturm, Fotolia
Pimpernell-Logo: © Evelyne Weissenbach
Druck: Totem, Inowroclaw, Polen

ISBN: 978-3-95475-150-1
www.prolibris-verlag.de

Evelyne Weissenbach

Tod eines Surfers

Luise Pimpernell ermittelt

Prolibris Verlag

Die Autorin

Evelyne Weissenbach, geboren in Wien, lebt mit ihrem Ehemann, dem Maler Heinz Spicka, seit 2006 im österreichischen Burgenland. Seit Jahrzehnten schreibt und veröffentlicht sie Texte und Bücher zu Themen, wie sie unterschiedlicher nicht sein können. Vom Sachbuch bis zur Lyrik. Je nachdem, was sie gerade beschäftigt und wie es sie emotional berührt. Und deshalb eben manchmal sachlich, manchmal poetisch, auch satirisch, experimentell und erotisch.
Ihre neueste Schreiblust gilt dem Regionalkrimi. Land und Leute ihrer neuen Heimat geben ihrem Leben besondere Qualität, und sie möchte etwas davon zurückgeben, indem sie ihren liebevollen Blick darauf in authentische, aber vor allem auch humorvolle Krimis packt. Mit Luise Pimpernell hat sie eine kauzige Ermittlerin geschaffen. Tod eines Surfers ist der erste Kriminalroman einer Reihe im Prolibris Verlag.

Mehr Informationen gibt es hier:

www.evelyne-weissenbach.at
www.luise-pimpernell.at

Glossar

Dieses Buch ist nicht im Dialekt geschrieben, aber es gibt doch einige Ausdrücke darin, die erkennen lassen (sollen), dass die Autorin Österreicherin ist und am Neusiedlersee lebt. Für diejenigen, die nicht dort zu Hause sind, haben wir einige Wörter in diesem Glossar zusammengestellt.

anlassig – zudringlich
Balasn – regionales Schmalzgebäck (Rezept im Anhang)
Buschprunzer – Mann, der in die Büsche uriniert
Dolm – Dummkopf, Idiot
Fluchtachterl – »letztes« Achtel Wein, meist stehend an der Theke getrunken. Können aber auch mehrere »letzte« sein
Gehschule – Laufstall
glatzert – ohne Haare
glauberst – glaubst du
Gogerln – Hoden
Hackler – Arbeiter
Haferlschuhe – festes Schuhwerk
Häferl – hochwandige Tasse
halbert – halb
happig – gierig, erpicht sein
Kastl – Schränkchen
Kümmelbraten – Schweinsbraten vom Bauchfleisch mit Schwartl (Kruste)
Lavoir – emaillierte Waschschüssel
Macheloikes – üble Machenschaften

matschkern – nörgeln, schimpfen

Präserl – Präservativ

Psyche – Frisiertisch mit Spiegel

Rein, auch Reindl – flacher Topf, Kasserolle

Ritscher – traditionelles Gericht mit Rollgerste (Rezept im Anhang)

Schanigarten – Gästetische vor einem Lokal, oft auf dem Gehsteig

Schmäh führen, den Schmäh laufen lassen – Schlagfertigkeiten austauschen

Schrappnölln – (Schrappnelle) Schreckschraube, weibliche Giftspritze

Speis – Speisekammer

Stockerl – Hocker

Strauben – süßes Gebäck, auch Schneeballen genannt (Rezept im Anhang)

Tschurifetzen – Tuch zum Entfernen der Spuren sexueller Betätigung

Veitschi – wilde Weinranken

Weidling – Rührschüssel

Zuagraster – Zugezogener

Zumpferl – Penis

1

Die Leiche war nackt. Und der Gedanke drängte sich auf, dass der Tote vor seinem Ableben Geschlechtsverkehr hatte. Alles wies darauf hin: der Ort, die Situation, der Duft. Es lag einfach in der Luft.

Oberst Doktor Luise Pimpernell schnüffelte, zog die Stirne kraus, und ihre Augen schlossen sich zur Hälfte, nachdem sie zu dem Leichnam getreten war und während sie ihren Blick auf ihn richtete. Dann schnalzte sie leise mit der Zunge.

Ein leckeres Kerlchen. Ja, das hätte sie unter anderen Umständen wohl sicher gesagt. Der Duft allerdings, musste die Ermittlerin kurz darauf feststellen, stieg vom Amtsarzt auf, der neben dem toten Körper auf dem Boden hockte. Wie immer hatte Doktor Mehlerer, selbst zu dieser Nachtstunde, intensiv Moschus aufgetragen. Wie seine Patienten das aushielten, fragte sich Luise jedes Mal, wenn sie mit ihm zusammentraf. Doch selbstverständlich war dies hier nun nicht Thema. Wie auch nicht das propere Aussehen des leblosen jungen Mannes.

»Doktor, was können Sie zur Todesursache sagen?«, fragte sie, anstatt weiter ihren Gedanken über die beiden Männer freien Lauf zu lassen.

Der Mediziner hob den Kopf und sah sie griesgrämig an. »Nix, Pimpernell, nix, derweil.«

»Reden Sie keinen Unsinn, irgendetwas müssen sogar Sie erkennen.«

Er beugte sich wieder über die Leiche, die schräg vor dem Bett auf dem Boden lag. »Wahrscheinlich Genickbruch«, murmelte er. Er zuckte mit den Schultern und deutete mit dem Kopf auf das zerwühlte Bett. »Sieht aus wie ein Unfall. Aber ...«

»Was aber?«, herrschte ihn die Pimpernell an, als er nicht weitersprach.

»Er scheint einen schweren Schlag in die Weichteile bekommen zu haben.«

Luise beugte sich zum Unterleib des jungen Mannes. Sein Gemächt war von einem dichten, dunklen Haarbüschel umrahmt, aber dennoch sah sie, dass die Haut darunter violett schimmerte. Auch die Hoden erschienen ihr von einer ungewöhnlichen bläulichen Tönung.

»Wie lange ist er tot?«, fragte sie.

Mit genervtem Gesichtsausdruck hob Doktor Mehlerer den Kopf. Luise schnitt ihm eine Grimasse, und er antwortete: »Noch nicht allzu lange. Nicht länger als drei Stunden würde ich sagen. Eher kürzer. Genauer gehts jetzt nicht.«

Die Chefermittlerin drehte sich um. »Wer hat die Leiche gefunden?« Als sie keine Antwort erhielt, erhob sie ihre Stimme und ließ einen markerschütternden Schrei los. »Grümpl!«

In der nächsten Sekunde wieselte ein graues Männchen um die Ecke. »Luise?«, dröhnte es mit tiefem Bass, den niemand in diesem winzigen Wesen vermutet hätte.

»Wer hat die Leiche gefunden?«, fragte sie noch einmal.

»Der Lois.«

»Wo ist er?«

»Vorne in der Küche.«

Mit langen Schritten und wehenden Röcken verließ die Pimpernell das Zimmer. »Nichts verändern!«, bellte sie noch zurück.

Durch die Hofgasse der ehemaligen Halbwirtschaft eilte sie in den vorderen Teil des rechten Streckhofes, in dem der Eingang zum Wohnbereich des Weinbauern lag.

Lois und Margret Ludwieg saßen an dem großen Ecktisch in ihrer Wohnküche. Der Mann schüttelte permanent den Kopf wie die Wackeldackel, die so manch einer an der Heckscheibe seines Autos sitzen hatte. Margret knüllte ein Taschentuch in ihren Händen, das sie immer wieder an ihre rotverweinten Augen führte. Sie trug einen gelb-weiß-gestreiften Bademantel.

Als Luise eintrat, sprang sie sofort auf. »Willst du was? Einen Kaffee, oder ...?«, stieß sie heraus.

»Oh ja, ein Kaffee wär nicht schlecht«, seufzte die Ermittlerin. Man hatte sie um halb drei Uhr in der Nacht aus dem Bett geholt und ihr die Leiche des jungen Mannes auf nüchternen Magen serviert.

»Das war wohl euer Feriengast? Wie hieß er?«, wandte sie sich an den Lois, während seine Frau mit zitternden Händen an der Kaffeemaschine hantierte.

»Ja, der Clemens. Clemens Holzbauer. Er kommt jedes Jahr.«

»Schon ein paar Jahre, gell. Ich kenn den vom Sehen.«

»Das dritte Jahr. Er kommt immer zum Surf Opening und mietet die Wohnung bis Ende September.«

»Musste er nicht arbeiten? Was sind das für Jobs, wo man fünf Monate Urlaub machen kann?«

»Er ist nicht dauernd da, sondern kommt meistens am Donnerstagabend und fährt Montag in der Früh wieder nach Wien zurück. Aber wir haben mit ihm einen Preis für die Saison ausgemacht. Und das wars ihm wert. Er hat seine Surfsachen alle hier gelagert und auch sonst ...«

Scheppernd stellte Margret das Kaffehäferl vor Luise hin. Dann setzte sie sich wieder auf die Eckbank. Ganz aufrecht saß sie da und nestelte weiter an ihrem Taschentuch herum. An dem Gespräch hatte sie sich bisher mit keinem einzigen Wort beteiligt.

»Hast ein bissl Zucker für mich?«, bat Luise.

Wieder sprang die Frau hektisch auf und lief zum Küchenkastl. »Entschuldige bitte!«, nuschelte sie, und es stiegen ihr Tränen in die Augen.

»Das nimmt dich ganz schön her«, konstatierte die Pimpernell.

»Wir kennen ihn schon so lange«, schluchzte die Bäuerin. »So ein junger Mensch ...«

»Na, so viel jünger als du war er auch nicht, oder? Wie alt war er denn?«

Irritiert wackelte Frau Ludwieg mit dem Kopf. »Aber ...« Sie verstummte und kam mit der Zuckerdose in der zitternden Hand zurück zum Tisch.

»Na, ihr habt sicher einen Meldezettel ausgefüllt. Da werdet ihr doch wissen, wie alt er war.«

»Ich glaub, dreiunddreißig, aber ich müsste nachschauen«, nahm der Ehemann seiner Frau die Antwort ab.

»Also, was ist passiert?«, wandte sich Luise Pimpernell wieder an ihn.

»Ich war im Jagdverein. Und als ich nach Hause kam, sah ich, dass noch Licht beim Clemens brannte und die Tür offen stand. Ich dachte, ich schau noch einen Sprung bei ihm vorbei. Wir haben ja öfter mal ein Glasl miteinander getrunken.«

»Wie spät war es da?«

»Ungefähr halb zwei, tät ich sagen.«

»So lang warts ihr im Wirtshaus?«

»Ja, das dauert immer so lang. Ein paar sind sogar noch geblieben.«

»Und was war dann?«

»Nix. Der lag da vor seinem Bett und rührte sich nicht. Dann hab ich die Polizei angerufen.«

»Bist hineingegangen?«

»Ja natürlich. Ich hab gschaut, ob er noch lebt.«

»Hast ihn angegriffen auch?«

»Nein, ich hab gleich gesehen, dass er tot ist.«

»Sonst hast auch nichts angerührt?«

»Nein, ich bin nach vorn gelaufen und hab meine Frau aufgeweckt.«

»Du hast also geschlafen und nix bemerkt, Margret?«

»Ja ... oh ... nein.« Die Angesprochene begann, noch stärker zu zittern. Wieder traten der Frau die Tränen in die Augen.

»Wer war noch im Haus?«

»Die Kinder. Und meine Mutter«, nahm der Lois seiner Frau erneut die Antwort kurzerhand ab.

»Wo sind sie?«

»Die schlafen.«

»Alle? Die Mutter auch?«

»Ja, du kennst ja die Mama. Außerdem nimmt sie ein Schlafpulver. Und um unsere Kinder aufzuwecken, da muss es schon anders hergehen.«

»Wisst ihr, ob heute Abend jemand bei ihm war?«

»Gesehen habe ich niemanden. Aber irgendwie hats so ausgeschaut, oder?«

»Hat er eine Freundin, die manchmal mitkam?«

»Voriges Jahr hat er keine gehabt. Und diesmal ist er ja erst eine Woche da, und da war auch niemand.«

»Schleppte er Mädels ab?«

»Kind von Traurigkeit war er keines. Und beim Opening, da kanns schon ganz schön zugehen.«

»Also hat er hin und wieder wen mitgebracht. Auch One-night-stands?«

»Ich glaub schon.«

Luise Pimpernell trank ihren Kaffee aus und stand auf.

»Was ist jetzt?«, fragte der Bauer.

»Ja, was soll sein? Wir nehmen ihn mit, schicken ihn nach Wien in die Rechtsmedizin und versiegeln das Zimmer. In den nächsten Tagen werden wir uns noch ein bissl umschauen, ob es was Verdächtiges gibt. Aber es könnte auch ein Unfall sein.«

Lois riss die Augen auf. »Was heißt denn das? Ihr glaubt nicht, dass es ein Unfall war?«

Margret begann stoßweise zu schluchzen.

»Keine Ahnung«, antwortete Luise. »Deshalb machen wir das ja so.« An der Tür drehte sie sich noch einmal um. »Kennt ihr irgendjemanden, mit dem er befreundet war?«

»Die meisten waren auch Feriengäste, die wir nur vom Sehen kannten, aber mit dem Littler René ist er öfter mal herumgezogen«, gab der Bauer an.

»Und du? Bist du auch manchmal mitgezogen?«

»Nein, wir haben uns nur hier das eine oder andere Mal ein bissl zusammengesetzt. Draußen in der Laube oder manchmal im Keller.«

»Danke für den Kaffee. Jetzt schauts, dass ihr euch beruhigt. Ich komm morgen wieder«, verabschiedete sich die Pimpernell und verließ die Küche und das Ehepaar.

2

Nachdenklich ging Luise Pimpernell durch den Hof zurück zur Ferienwohnung. Irgendetwas nagte an ihr. Aber sie konnte den Finger nicht auf den Punkt legen, was es sein könnte.

Die mussten ganz schön viel Geld in die Hand genommen haben, um den Hof so auszubauen, dachte sie. Die langgestreckten Gebäude der ehemaligen Halbwirtschaft, die beidseitig den schmalen Hof säumten, waren sauber und ordentlich verputzt, die Mauern viel zu gerade, als dass sie dem ursprünglichen Bauwerk entsprechen konnten. Der Boden war mit Natursteinplatten ausgelegt, zwischen denen nicht ein Hälmchen Unkraut zu sehen war. Kübelpflanzen und Blumenkästen schufen ein nahezu mediterran anmutendes Erscheinungsbild.

Auf der rechten Seite lag der Wohnbereich der Familie. Hier war, wie fast überall bei diesen Höfen, im vorderen Teil aufgestockt worden. Auf der linken Seite war unmittelbar nach der Einfahrt Platz für einen kleinen Gartenbereich geschaffen worden, indem man einige Räumlichkeiten abgerissen hatte, die wie bei allen Gehöften dieser Art direkt durch den Hof begehbar gewesen waren. Unmittelbar daran grenzte eine überdachte Laube mit einem großen Holztisch und den dazugehörigen Bänken und Sesseln. Das Laubengerüst war dicht bewachsen. Noch blühten die Rosen nicht, aber es musste im Sommer wirklich sehr schön aussehen hier. Anschließend duckte sich ein niedriges Gebäude an die Feuermauer des Nachbarhauses, die von einem Kletterwerk mit wildem

Wein überwuchert war und die gesamte linke Seite abschloss. Sämtliche Türen und Fenster gingen zum Hof.

Am Ende der Liegenschaft schloss ein Wirtschaftsgebäude, das über die gesamte Breite ging, das Anwesen ab. Dort waren früher die Ställe gewesen. Heute dienten sie meistens als Garagen für Autos und Arbeitsmaschinen. Die Tore an diesen Rückseiten führten in Gassen, die »Hintaus« genannt wurden. Gegenüber lagen die Wirtschaftsgebäude der Höfe, die vorderseitig wieder in eine Adresse gebende Straße mit Blumenrabatten und Bäumen mündeten. Hintaus gab es keine Namen für die Gassen, keine Gehsteige, oft nicht einmal Asphaltfahrbahnen und keine Straßenbeleuchtung.

Parallel zur Hauptstraße stiegen fünf solcher Gassenensembles aus adretten Vorderseiten mit Straßennamen und Hausnummern und namenlosen Hintaus-Zeilen einen flachen Hang hinauf, und bildeten den ältesten Teil von Schilfern am See, der originellerweise den Namen Neuhaus trug. Die letzte Hintaus-Zeile grenzte an den Weinberg, der auf die Parndorfer Platte führte, das weitläufige ebene Weinbaugebiet, mit den für diesen Bereich bereits typisch gewordenen Windenergierädern.

In Neuhaus hatten die Familien ihre Höfe, die seit Generationen im Ort ansässig waren. Durch neue Siedler war Schilfern in den letzten Jahren auf rund zweitausend Seelen angewachsen. Sie bauten in anderen Gebieten des Ortes moderne Einfamilienhäuser, am liebsten näher zum See hin. Auch die Dorfjugend zog Neubauten vor. Viele lebten übergangsweise in Wohnungen der Genossenschaften, bevor sie sich an den Bau eines Eigenheims machten. Die alten Gehöfte waren ihnen für die Bewohnung zu umständlich und die Restaurierung oft kostenintensiver als der Bau eines neuen Hauses.

Die Ludwiegs, die nicht nur diesen alten Hof von Lois' Eltern übernommen hatten, sondern auch den Weinbaubetrieb weiterführten, hatten hier also viel Geld investiert. Wie die meisten, die diesen Weg eingeschlagen hatten, wollten sie nun mit der Vermietung einer Ferienwohnung einen Teil der Kosten für den Unterhalt und die Kreditraten hereinholen.

Vor der offenen Tür der Gästewohnung wartete Kriminalabteilungsinspektor Roman Grümpl mit zwei uniformierten Kollegen. Als ihre Vorgesetzte näherkam, schnitt er den beiden das Wort ab. Der junge Uniformierte, der Luise zum ersten Mal begegnet war, hatte sich über das Erscheinungsbild der hochrangigen Ermittlerin in den Fünfzigern sehr gewundert und sich darüber mit seinen Kollegen ausgetauscht.

Ziemlich groß, und auch einigermaßen übergewichtig, war Luise wie immer höchst eigenwillig gekleidet. Sie trug einen weiten Rock mit Gummibund, der fast bis zu den Knöcheln reichte, und darunter blitzten ihre geliebten Haferlschuhe hervor, die ihrer Gangart die Bezeichnung »Dragoner« eingebracht hatten. Ihre Weste schien selbstgestrickt (was auch stimmte, weil sie sich beim Stricken am besten entspannen konnte) und war schief zugeknöpft.

Das runde Gesicht leuchtete rosig. Seine Falten zeugten davon, dass sie gerne lachte. Jetzt allerdings gab ihr der nachdenklich gespitzte Mund unter der markanten Nase und das Stirnrunzeln über den sehr scharfsichtig blickenden Augen in warmem Mittelgrau ein Aussehen, als wäre es besser, ihr nicht gar zu dumm daherzukommen. Der Ausdruck wurde noch verstärkt, weil sie ihr energisches Kinn mit dem kleinen Grübchen in der Mitte resolut aus dem Ansatz ihres Doppelkinns herausreckte.

Schräg über die Brust lief der Riemen einer alten bockigen Schweinsleder-Schultasche mit Schnappschloss, die sie auf den Rücken geschoben trug. Das alles wurde von einem abgewetzten Jägerhut gekrönt.

»Rennt die immer so um«, hatte der unwissende Beamte verstört gefragt.

»Ja, so ähnlich«, musste Grümpl bestätigen, wobei ihm klar wurde, dass ihm das gar nicht mehr auffiel. »Und niemand hat Luise je ohne Hut gesehen.«

»Vielleicht hat sie ja keine Haare mehr, außer denen auf ihren Zähnen«, mutmaßte der zweite Uniformierte sarkastisch.

Der junge Kollege schaute der Frau Oberst fasziniert entgegen.

»Ist der Doktor noch da?«, rief sie, als sie nur mehr ein paar Schritte entfernt war.

»Nein, er ist schon weg. Er meinte, er muss morgens früh raus und die Todesursache ist mit Sicherheit Genickbruch. Für alles andere wäre er eh nicht zuständig. Hier ist der Totenschein.«

»Nicht umsonst mein Lieblingsamtsarzt in dieser Gegend«, grummelte sie und zog ihr Handy aus der Jackentasche.

»Ich brauch die Spusi in Schilfern, Weinhofgasse 8«, bellte sie hinein. »Kleine Gruppe. Und einen Leichentransport in die Rechtsmedizin. Außerdem komme ich heute früh nicht ins Büro. Ich hab hier einiges vor Ort zu tun.«

»Du glaubst nicht an einen Unfall?«, fragte Roman Grümpl.

»Zumindest nicht an einen, an dem nur er beteiligt war. Allein die blauen Gogerln ... Und wie bitte hätte der Tote denn die Tür nach seinem Sturz aufmachen sollen? Oder glaubst du, dass der mitten in der Nacht allein pudelnackert bei offener Tür herumrennt? Noch dazu, wo es heute ja nicht wirklich warm ist.«

Grümpl seufzte. Sie hatten also einen neuen Fall. Sein Wochenende würde wohl ins Wasser fallen und in den nächsten Tagen einiges von seinen Tagesgeschäften im Wachzimmer Neusiedl liegen bleiben. Trotzdem arbeitete er nicht ungern mit der Kollegin aus dem LKA Eisenstadt zusammen. Es würde sicher spannend sein, wieder einmal jenseits von Garageneinbrüchen und Handyklauereien zu ermitteln.

Er kannte sie schon seit seiner Kindheit, und wenn sie auch oft kurz angebunden war und einen schrulligen Eindruck machte, so war sie kompetent, instinktsicher und vor allem höchst loyal, was er als hohe Tugend ansah. Er stieß sich deshalb nicht an ihrer schroffen Art, und hin und wieder tranken sie privat das ein oder andere Glas miteinander. Aber auch dabei hatte die Pimpernell noch nie den Hut abgenommen.

Sie zog ihre Tasche auf den Bauch und kramte ein paar Handschuhe daraus hervor. Grümpl hatte seine bereits übergestreift und wartete, bis Luise die Tasche wieder auf dem Rücken positioniert hatte, um ihr den Vortritt zu lassen.

In diesem Augenblick öffnete sich das Hoftor und mit hastigen, aber etwas unsicheren Schritten kam Bürgermeister Rudi Weisz über den Gartenweg. »Was ist passiert?«, kam es ein wenig undeutlich aus seinem Mund.

»Was machst denn du hier mitten in der Nacht?«, wurde er von Luise begrüßt.

»Na, wenn was passiert, dann-n hat mich das wo-wohl zu interessieren. Was ist mit dem-m Clemens?«

»Aber wieso weißt du …?«

Dann hellte sich ihr Gesicht auf. Natürlich war der Bürgermeister auch Jäger, höchstwahrscheinlich hatte ihn der Lois angerufen, nachdem er sich ja erst vor Kurzem von seinem Kumpan getrennt hatte.

»Ich kann dir noch nichts sagen. Wie es aussieht, ist der Feriengast gegen die Bettkante gestürzt.«

»Aber wieso komm-mmt er dann in die Rechts-m-medizin?«

Nachtigall, ick hör dir trapsen, dachte Luise. Das konnte er nur von Lois Ludwieg erfahren haben.

»Weil ich klären will, ob es wirklich ein Unfall war, und wenn ja, ob einer ohne Fremdverschulden.«

»Gibts da-da Zweifel? Mein Gott, das würde unserem-m Ort doch e-enormen Schaden zufügen, jetzt vor der S-saion. Also da s-sollte man nix Unnötiges veranlassen-n!«

»Rudi bitte, du glaubst doch nicht wirklich, dass ich mit dir darüber diskutieren werde.«

»A-aber ich bin …«

»Ja, ja, ja, ist schon gut, du wirst schon rechtzeitig alles erfahren. Geh nach vorn, die Margret soll dir einen Kaffee machen. Du hast eine ordentliche Fahne, mein Lieber.«

»Also gemmas an«, forderte sie Roman Grümpl auf, ließ den Bürgermeister stehen und betrat erneut das Gästezimmer.

Der Raum war groß, aber niedrig. Es gab keinen Vorraum, jedoch war ungefähr in der Hälfte ein halbhoher Schrank als Raumteiler mit ein paar Grünpflanzen aufgestellt. Dahinter befand sich der Schlafbereich mit dem breiten Doppelbett.

In der Mitte der linken Wand führte eine Tür zu Bad und Klo, auf der gegenüber liegenden Seite ging es durch einen weiteren Durchlass in einen zweiten Schlafraum – wie das bei diesen Streckhofgebäuden üblich war, wo ein Raum in den anderen überging. Da solche Ferienwohnungen für Familien angelegt wurden, war dieser üblicherweise als Kinderzimmer geplant. Clemens Holzbauer hatte ihn als Abstellkammer für seine Sportausrüstungen benutzt.

Im vorderen Teil des Raumes war der Wohnbereich untergebracht, mit Sitzgruppe, Fernseher und einem kleinen Schreibtisch in der Ecke. Darauf registrierte Luise einen Laptop und ein iPhone. Einige Papiere lagen auch herum. Auf dem Couchtisch standen eine geöffnete Flasche Grüner Veltliner aus dem Hause Ludwieg und drei benutzte Gläser.

Luise Pimpernell ging zu dem Toten, schaute konzentriert auf ihn hinunter und versuchte, ihrer inneren Wahrnehmung nachzuspüren. Er lag schräg vor dem Bett auf dem Rücken, der Kopf etwas erhöht am Bettpfosten, beinahe wie angelehnt. Die Beine hatte er von sich gestreckt, unter den Füßen schob sich ein Fleckerlteppich zusammen. Es sah aus, als wäre er ausgerutscht, als er aus dem Bett gestiegen war.

Aber ganz stimmig schien ihr das nicht. Warum hätte er seitlich wegrutschen sollen? Und wenn, dann würde er wohl nicht derart auf dem Rücken liegen. Sie wechselte ein paarmal die Perspektive und versuchte nachzuvollziehen, wie er gefallen sein könnte. Folgte der Richtung, in die seine Beine zeigten. Dort befand sich eine hohe Kommode, auf der alles Mögliche abgelegt war. Auch zwei Kerzenhalter standen da, die Stabkerzen allerdings lagen irgendwo auf dem Kastel, und die Oberfläche war mit Wachsflecken bekleckert.

Das Doppelbett war sichtbar benutzt, aber nicht extrem aufgewühlt. Ein Wilder dürfte er nicht gewesen sein, der Herr Holzbauer.

Plötzlich stach Luise etwas in die Augen. Unter der Hüfte der Leiche schimmerte es hell. Sie machte schnell ein Foto mit ihrem Handy und zog dann vorsichtig an dem Fundstück. Ein kleines seltsam verschrumpeltes Gästehandtuch kam zum Vorschein, und darin eingeschlagen befand sich ein gebrauchtes Kondom.

»Ein Tschurifetzen!«, rief sie glücklich. »Da könnten wir die DNA der Dame drauf finden«.

»Die wird wohl auch im Bett sein und auf dem Weinglas da vorne ebenso«, warf Grümpl ein.

»Es sind drei Gläser! Er muss ja nicht mit zwei ...«

»Aber er könnte«, konstatierte der kleine graue Mann.

»Was du für eine Fantasie hast«, neckte ihn die Kollegin. »Doch ... mit nur einem Präserl?«

»Luise, bitte! Ich werde dir doch die verschiedensten Konstellationen hier jetzt nicht erklären müssen«, gab der Kollege grinsend noch einmal Kontra.

»Dafür sieht das Bett zu wenig unordentlich aus, oder?«

»Muss ja nicht im Bett gewesen sein«, grummelte der Inspektor noch, und Luise sah plötzlich sehr konzentriert aus.

Es entstand Unruhe an der Eingangstür, die Kollegen der Spurensicherung waren eingetroffen.

»Machts mir als Erstes den Computer und das Handy, ich will die mitnehmen«, lautete die Anweisung der Chefin.

Sie selbst suchte in den herumliegenden Kleidungsstücken, ob sie einen Ausweis finden konnte. Als ihr ein Autoschlüssel in die Finger fiel, trabte sie durch den Hof auf die Straße hinaus, um zu sehen, welches Fahrzeug damit zu öffnen war.

Der Schlüssel piepste bei einem knallroten 3er-BMW, der genau vor der Tür stand. Aber auch so wäre er leicht zu erkennen gewesen, hatte er doch eine riesige Box für die Surfbretter auf dem Dach.

Nach einem kurzen oberflächlichen Blick hinein, der auf keine Besonderheiten hinwies, notierte sie das Kennzeichen auf ihrem kleinen karierten Block, den sie immer in einer ihrer Westentaschen trug, und trabte wieder zurück.

Als sie bei der Tür zum Wohnbereich vorbeikam, öffnete sich diese und der Bürgermeister trat heraus.

»Was …«, dröhnte er los, aber Luise schnitt ihm sofort das Wort ab.

»Du kannst hier gar nichts machen, Rudi. Geh nach Hause. Die Kollegen vom LKA werden jetzt einmal alles sichern. Der Leichenwagen wird auch gleich da sein. Ich melde mich morgen bei dir.«

»Aber …«, versuchte er einzuwenden.

»Was!«, fuhr ihn jetzt die Pimpernell an. Es war keine Frage, sondern ein Statement.

Verärgert wandte sich der nach seinem Gefühl so wichtige Amtsträger zum Eingangstor hin.

»Ah, da fällt mir ein. Du warst ja auch im Jagdverein, nicht? Weißt du, wie spät es war, als der Lois weggegangen ist?«

Rudi Weisz traten beinahe die Augen aus den Höhlen. »Du verdächtigst doch nicht womöglich den Lois«, begann er sich aufzuregen.

»Ich verdächtige im Moment gar niemanden, aber ich werde wohl ein paar Alibis überprüfen müssen, wenn sich herausstellt, dass nicht alles mit rechten Dingen zugegangen ist. Und jetzt müsstest dich noch einigermaßen genau erinnern können. Ist ja noch nicht so lang her«

Obwohl, wenn sie daran dachte, wie er angekommen war – ob auf seine Aussage wirklich so viel Verlass sein konnte, schien ihr etwas fragwürdig. Immerhin artikulierte er sich wieder klarer. Margrets Kaffee schien da geholfen zu haben. Aber morgen hätte er es vielleicht überhaupt vergessen.

»Es war auf jeden Fall nach eins, weil um eins habe ich auf die Uhr geschaut.«

»Warum?«

»Was heißt, warum? Ich hab halt auf die Uhr geschaut und kann mich daran erinnern. Ich tät sagen, es müsste so halb zwei gewesen sein, als er sich auf den Weg gemacht hat. Er war der Erste, der gegangen ist.«

»War er allein? Und war er immer einer der Ersten?«

»Nein, eigentlich nicht. Und ja, er ist allein gegangen.«

»Hat er einen Anruf gekriegt oder so was?«

»Jetzt hör endlich auf! Nix war, und der Lois hat sicher keinen umgebracht!«

»Ist ja gut. Beruhig dich wieder. Schlaf gut.« Luise notierte sich die Angabe des Bürgermeisters und kehrte zur Ferienwohnung zurück.

Die Spurensicherung hatte in der Zwischenzeit alles fotografiert und war bereits dabei, im Detail zu arbeiten. Die Ermittlerin blätterte die Papiere auf dem Schreibtisch oberflächlich durch, notierte sich die Wiener Adresse von Clemens Holzbauer, die sie darauf fand, nahm dann den Laptop und das iPhone und steckte die beiden in ein Sackerl, das sie sich von den Kollegen geben ließ.

»Die nehm ich jetzt mit«, erklärte sie, und keiner widersprach.

Erneut entstand Unruhe an der Tür, diesmal war der Leichenwagen gekommen. Der Tote wurde in einen Blechsarg gehievt, und Luise wandte sich an Grümpl.

»Für uns beide ist wohl hier nichts mehr zu tun jetzt. Der Gradinger soll die Wohnung sichern, wenn die Spusi abgezogen ist. Ich geh. Und du kannst auch gehen. Wir treffen uns in der Früh am Posten. Gute Nacht!«

»Guten Morgen«, antwortete der Abteilungsinspektor sarkastisch und machte sich auf die Suche nach seinem uniformierten Kollegen, um ihn von seiner ehrenvollen Aufgabe in Kenntnis zu setzen.

3

Langsam wanderte Luise durch die noch dunklen Gassen nach Hause. Sie bewohnte in der übernächsten Quergasse ebenfalls einen alten Streckhof, dessen Hintaus direkt an den Weinberg grenzte.

Nein, das war kein Unfall. Auf jeden Fall keiner ohne Fremdbeteiligung. Da war sie ganz sicher.

Sie spürte dem Eindruck nach, den der Tote und die ganze Szenerie in ihrem Inneren hinterlassen hatte. Der Typ, der vor ihrem geistigen Augen erstand, war ihr nicht sympathisch. Sie konnte sich nicht dagegen wehren, aber irgendetwas an der Situation berührte einen Punkt in ihr, aus dem Antipathie gegenüber dem Mann aufstieg.

Nun gut, er musste ihr ja auch nicht sympathisch sein. Wie sagte ihre Freundin Lena immer? Auch Arschlöcher muss man lieben können. Sie musste ihn zwar nicht lieben, doch ihre Arbeit basierte auf dem Grundsatz: Auch Arschlöcher darf man nicht töten. Außerdem, würde man alle Unsympathler umbringen, wäre die Welt wohl sehr dünn besiedelt.

Vielleicht lag ihre Antipathie ja nur an dem, was er offensichtlich verkörperte. Wobei sie sagen musste, das *Körperl* war nicht von schlechten Eltern gewesen. Sie spitzte die Lippen und grinste breit.

Wieder einmal musste sie sich eingestehen, dass sie mit der modernen Lebensart einfach nicht gut zurechtkam. Dieses konsumlastige, Kommunikation vortäuschende, unaufrichtige Getue, davon distanzierte sich ihr Innenleben sofort. Clemens

Holzbauer schien ihr ein Vorzeigeexemplar dieser Klientel gewesen zu sein.

Sie sperrte das Hoftor auf und betrat ihre eigene Welt. Sofort entspannte sie sich.

Ihr altes Gehöft war nicht so schick wie das der Ludwiegs, aber sie selbst war es ja ebenfalls nicht. Vor allem legte sie darauf keinen Wert.

Ihre Liegenschaft war ein einseitiger Streckhof. Die aufgefädelten Räume lagen links, und die buckligen Wände waren weitläufig mit Efeu bedeckt. Auch der Weg, der am Gebäude entlangführte, war uneben, gepflastert mit verschieden großen, unbearbeiteten Steinen. Dazwischen grünte es wild hervor.

Ein schmaler ungezähmter Gartenstreifen wurde auf der rechten Seite direkt von der Mauer des Nachbarn begrenzt. Auch die war dicht mit Veitschi überwuchert. Sie liebte diesen Anblick, besonders im Herbst, da glühten die Blätter in einem Rot, das unvergleichlich auf der Welt war.

Den Hof hatte ihr die Großmutter vererbt. Und böse Zungen meinten, dass er sich in dem gleichen Zustand befand, wie zu den Zeiten, als ihn die alte Frau bewohnte. Aber natürlich war das nicht so. Immerhin gönnte sich Luise einigen Komfort und hatte sich ein geräumiges Badezimmer und eine hochmoderne Heizung angeschafft. Überdies waren die Elektrizitätsleitungen vor ein paar Jahren unter Putz gelegt worden.

Aber sie liebte die alten Möbel ihrer Oma. Sie waren nicht nur ein Relikt ihrer Kindheit, sie schienen auch eine Beständigkeit auszustrahlen, die man heute so oft vermissen musste. Es handelte sich keineswegs um Anitquitäten, sondern um einfache Gebrauchsmöbel, die meisten passten nicht einmal zueinander. Das war eben damals so. Zum Beispiel stand in ihrem Wohnzimmer eine alte Ottomane. Wo sah man heute so etwas schon noch? Unterschiedlichste Sitzmöbel waren in dem niedrigen Raum ohne erkennbares System verteilt. Eine gepolsterte Kistenbank, zwei Fauteuils aus den Fünfzigerjahren mit herrlich schrägen Beinen und einem noch schrägeren Stoffmuster, Hocker und Schemel. Einfache Holzsessel – mit und ohne Armlehnen und lauter Einzelexemplare – standen um einen massiven Tisch mit abgerundeten Ecken. An einer Wand thronte ein riesiges dunkles Büfett, das der ganze Stolz ihrer Großmutter gewesen war. Ein weiteres Prunkstück war der Plattenspielerschrank mit eingebautem Radio, *das* Multimediamöbel aus einer anderen Epoche. Die Vorhänge waren gehäkelt und auch die Teppiche selbst geknüpft, wenn nun doch schon ziemlich abgetreten.

Luises Lieblingsplatz war ein ausgebleichter, bereits leicht verschlissener Lehnsessel mit Fußschemel am Fenster, der von seinem Standort Ausblick auf die bewachsene Mauer bot. Darin hatte ihre Oma immer gesessen und sie auf dem Stockerl zu ihren Füßen. Gesprochen hatten sie nie viel, aber dort hatte die Großmutter ihr die Liebe zum Stricken und Häkeln eingepflanzt. Und die Liebe zum amerikanischen Jazz. Ihr mühsam zusammengespartes Geld für Schallplatten auszugeben war der einzige Luxus, den sich die Großmutter gegönnt hatte. Die Enkelin war mit Benny Goodman, Count Basie und Ella Fitzgerald gefüttert worden und nährte ihre Sinne noch heute mit dieser wunderbaren Musik.

Es war ein großes Glück für das Luiserl gewesen, wenn sie aus ihrem arbeitsreichen Kinderalltag im häuslichen Weinbaubetrieb in die ruhige Welt der Großmutter eintauchen konnte. Sie tauchte noch immer ein, sobald sie ihr Heim betrat, und das Handarbeiten in diesem Sessel war wie damals ein Rückzug aus ihrem Arbeitsalltag, in dem sie so sehr mit den dunklen Seiten der Menschen konfrontiert wurde.

Auch jetzt holte sie sich einen Kaffee, zog Schuhe und Stützstrümpfe aus und kuschelte sich in ihren Fauteuil. Es wurde bereits hell. Zu Bett gehen hatte wohl keinen Sinn mehr, aber hier die Beine hochzulagern und ein bissl zu dösen schon.

4

Bevor Luise Pimpernell am Morgen nach Neusiedl fuhr, wo sie sich wohl für die nächsten Tage bei Grümpl einquartieren würde, fiel sie bei ihrem Neffen Daniel ein. Gut, dass er ein Frühaufsteher war, so hatte sie keinerlei Skrupel, ihn so zeitig am Samstagmorgen mit ihrem Anliegen aufzusuchen.

Daniel war ein Computerfuzzi ersten Ranges, und Luise, die ein sehr gutes Verhältnis zu all ihren Neffen hatte, wusste, dass er in der Lage war, ihr rasch und leidenschaftslos Zugang zu den Daten auf dem Laptop zu verschaffen, bevor der Amtsschimmel auch nur zu wiehern beginnen konnte. Und genauso war es.

»Sag, hast du den Clemens Holzbauer gekannt, der jedes Jahr bei den Ludwiegs gewohnt hat? Mit dem Littler René scheint er herumgezogen zu sein«, fragte sie bei dieser Gelegenheit beiläufig.

»So ein langer Dunkler? Ein Surfer?«

»Ja, das könnt er sein.«

»Was ist mit dem?«

»Das ist sein Laptop. Holzbauer hat sich heute in der Nacht das Genick gebrochen.«

»Bei was denn? Gesurft wird er ja in der Nacht nicht sein. Obwohl …«

»Was obwohl?«, insistierte die Tante kriminalistisch.

»Deppert genug wär er wohl gewesen.«

»Aha?«, munterte sie ihn auf.

»Na, wenn einer mit dem René unterwegs ist, kannst dir eh vorstellen, was das für ein Koffer ist. Hinter allem her, was einen Rock anhat und nicht bei drei auf dem Baum ist. Der Papa wird dir vielleicht mehr erzählen können, denn bei ihm beim Heurigen, da haben sie sich öfter herumgetrieben.«

Ah, von dort her war er ihr wohl bekannt vorgekommen.

Daniel war der Sohn von Albert, dem jüngeren Bruder von Luise. Der hatte von den Eltern den Heurigenbetrieb mit den dafür benötigten Rieden geerbt. Den Weinbaubetrieb für den Verkauf, mit dem klingenden Namen *Nepomuk Pimpernell* und einem guten Ruf weit über die Grenzen des Burgenlandes hinaus, war dem älteren Bruder vermacht worden, der umsichtigerweise, wie Vater und Großvater vor ihm, ebenfalls auf den Namen Nepomuk getauft worden war. Ein paar Rieden gehörten eigentlich Luise, die sie aber dem Muk überließ und dafür ihren Wein von ihm bekam.

Da der »Heurige Pimpernell« einer von nur zwei solchen Lokalen in Schilfern war, spielte sich viel vom Gesellschaftsleben des Ortes natürlich vor Alberts Augen ab. Der Tipp des Juniors war deshalb nicht allzu weit hergeholt.

Mit diesen ersten Informationen versorgt betrat sie das Polizeikommando und wurde vom Postenkommandant Luisinger (ja, der hieß wirklich so und wurde hinter seinem Rücken sogar »Luiserl« genannt) herzlichst begrüßt. »Wenns nicht immer mit solchem Scheiß in Verbindung wär, würd ich jetzt sagen, schön, dass du wieder einmal bei uns bist, Luise!«

»Danke, Robert. Das kann ich zurückgeben. Ich bin auch gern da. Vielleicht sollte ich mich hierher versetzen lassen.«

»No ja, für die Frau Oberst wär das aber ein enormer Abstieg, und was machen wir dann mit dem Grümpl?«

Wie auf Kommando trat dieser auf die Bildfläche. »Ah, Luise! Guten Morgen! Ich hab dir schon ein Platzerl bei mir hergerichtet.«

In Grümpls Büro stellte sie den Laptop auf den Schreibtisch, den man für sie vorbereitet hatte. Das iPhone bekam der Inspektor zur Auswertung.

Zuallererst telefonierte sie mit dem Polizeidirektor in Eisenstadt, ihrem einzigen Vorgesetzten im LKA, von dem sie wie erwartet die größte Handlungsfreiheit erhielt. Er wusste immerhin seit Jahrzehnten was er an seiner Dezernatsleiterin hatte.

Das nächste Telefonat galt Biggie Lantsch, genannt »Springmaus«, der quirligen Assistentin in ihrer Abteilung, die sie davon verständigte, dass sie ihren Arbeitsplatz für einige Tage ins Bezirkspostenkommando Neusiedl verlegen würde. Sie gab einige Aufträge durch, wie Auto- und Bankkontoüberprüfung. Computer und Handy würde sie nach der oberflächlichen Untersuchung ebenfalls zu ihr schicken.

»Mach denen ein bissl Dampf bei der Spusi und wenn du den Bericht hast, mail ihn mir bitte sofort.«

Anschließend rief sie den Kollegen Major Leo Feuerfuchs in Wien an, gab ihm einen kurzen Überblick, sowie die vermutliche Wohnadresse des Toten, und bat darum, die Beamten seiner Abteilung die notwendigen Recherchen vor Ort übernehmen zu lassen.

»Sollen wir jemanden hinunterschicken?«, fragte er.

»Nein, da sind schon wir in Eisenstadt zuständig. Erst wenn es Hinweise geben sollte, dass in Wien die Fäden geknüpft sind, werden wir das zusammenlegen. Bis dahin bitten wir um Unterstützung.«

Der Major zögerte. Es war ihm gar nicht recht, dass die schrullige Alte – wie er sie bei sich immer nannte – hier das Oberkommando haben sollte. Die würde ihn sicher wieder bis aufs Blut nerven mit ihren »Intuitionen«. Aber die Pimpernell stand im Rang einiges über ihm, wenn er da etwas anderes anleiern wollte, musste er erst mit seinem Vorgesetzten verhandeln. Und der hielt erstens viel von der Wachtel, und zweitens waren sie im Dezernat derzeit ohnehin unterbesetzt. Er entschied, lieber zusammenarbeiten zu wollen, das war zwar nicht so prestigeträchtig, würde ihm aber unnötige Aufregungen im Dienst ersparen. Darüber hinaus würde er das meiste leicht delegieren können.

»Sie werden seine Angehörigen verständigen müssen, und bitte geben Sie mir bald einen Bericht von seiner Wohnungs- und Familiensituation«, bekam er auch schon die ersten Anweisungen.

»Kommen Sie zur Obduktion nach Wien?«, fragte er im Gegenzug auffordernd, weil er keine Lust hatte, da selbst hinzugehen.

»Das sage ich Ihnen noch, ich muss erst die Rechtsmedizin anrufen.«

Das tat sie auch gleich im Anschluss und machte einen Termin am frühen Nachmittag dafür aus. Dem Feuerfuchs schrieb sie das einfach in einer Mail. Sie wollte keineswegs mehr als unbedingt nötig mit ihm telefonieren. Dann zog sie den Laptop heran und loggte sich ein, um einen ersten Überblick zu bekommen, was der schöne Clemens so auf seinem Rechner gespeichert hatte.

»Woher weißt du das Passwort?«, fragte Grümpl über den Tisch.

»Ich hab beim Frühstück ein bissl damit herumgespielt, es war nicht schwer, er dürfte keine großen Geheimnisse da drauf haben«, antwortete sie gelassen.

Der Inspektor grinste sie unverhohlen an. Er wusste genau, dass die Pimpernell dem Beruf in ihren heiligen Hallen keinerlei Einlass gewährte.

Sie beachtete ihn nicht und klickte ein wenig herum. Holzbauers Mailprogramm war nicht verschlüsselt, die letzten Mails waren unergiebig, es handelte sich um Berufliches. Wie sie schnell herausfand, arbeitete er als selbständiger Versicherungsmakler. Und sein Geschäft schien zu florieren.

Die Anrufliste war auch nicht ergiebiger. Die letzten Gespräche waren schon am frühen Abend getätigt worden. Das Handy war überdies ausgeschaltet gewesen, als sie es fanden. Vielleicht hatte er es nicht einmal mitgehabt, was allerdings ziemlich untypisch für einen so offensichtlichen Zeitgeistfreak gewesen wäre.

Sie klappte den Laptop zu, legte das Mobiltelefon zur Seite und wandte sich an ihren Kollegen. »Komm, wir fahren nach Schilfern. Vielleicht erreichen wir den René. Der wird wohl noch seinen Rausch vom Opening ausschlafen. Und wenn wir Glück haben, tut er das ja zu Hause.«

5

Als sie zur Familie Littler kamen, war offensichtlich, dass die »Stille Post« auch hier bereits bestens funktioniert hatte. Mutter Littler war aufgeregt wie ihre Hühner im Stall. Wortreich und händeringend begleitete sie die Ermittler zu der Wohnung des Juniors, die im hinteren Teil ihres Hofes lag. Als sie mit hineinkommen wollte, machte ihr Luise einfach die Tür vor der Nase zu.

René sah etwas übernächtigt aus der Wäsche, aber er duftete nach frisch geduscht und Zahnpasta und war bereits angezogen.

»Warst du mit dem Clemens Holzbauer gestern Abend unterwegs?«, kam die Ermittlerin ohne Umschweife auf den Punkt.

René nickte. Er schien noch nach seinen Worten zu suchen.

»Wo wart ihr? Und wie lang?«

»Wir waren auf der Buddy-Party beim Opening. Ich bin erst um fünf nach Hause gekommen.«

»Wieso ist der Clemens schon so zeitig gegangen? Das ist ja nicht üblich, oder?«

»Nein, das war nicht normal. Aber der hat da Mädels getroffen und ist mit denen abgezogen.«

»Wohin?«

»Keine Ahnung. Ich hab auch nicht gefragt.«

»Wieso haben sie dich nicht mitgenommen?«

»Ich wollte nicht. Ich hab dort ... äh-hm ...«

»Du hast dort jemanden angebraten«, konstatierte Luise sachlich.

»Ich hab dort eine getroffen, die … äh-hm …«

»Ah ja, ich kenn mich aus. Wie heißt sie, wo wohnt sie?«

»Sie heißt Simone und ist aus Mönchhof.«

»Geh bitte, lass dir nicht alles aus der Nase ziehen. Simone wer?«

»Keine Ahnung.« Der junge Mann schüttelte bedauernd den Kopf. Nein, eher angefressen, als bedauernd.

»Sie hat dich abblitzen lassen?«

»Das würde ich so nicht sagen, aber …«

»Okay. Kann jemand bestätigen, wo du wie lange warst?«

René starrte sie an, als käme sie vom Mond. »W-w-wieso?«, stammelte er.

»Nur so, der Ordnung halber«, antwortete sie beiläufig, um dann allerdings verheißungsvoll hinzuzufügen: »Erst mal …«

»Wir kennen dort eine Menge Leute. Clemens war ja jedes Jahr bei den Surf-Bewerben dabei und landete oft im vorderen Feld. Seine Freunde aus Wien waren mit uns. Clemens ist irgendwann allein mit den Mädels abgezischt. Die anderen sind geblieben.«

»Name, Adresse?«, forderte nun Grümpl und zückte einen Block.

»Patrick, Marcel und Oliver. Die Nachnamen kenn ich leider nicht.«

Luise Pimpernell stieß einen Zischlaut aus.

»S-sie wohnen beim Leodolter. Das weiß ich.«

»Wer waren die Mädels, mit denen Holzbauer abgezogen ist? Wie viele waren es überhaupt? Und waren auch noch andere Männer dabei?«

»Ich kannte die nicht«, fiel die Antwort wie schon erwartet aus, und Luise zischte erneut. »Es waren zwei, eine Blonde und eine Brünette.«

»Sehr informativ, aber Namen wären mir lieber.«

Er schüttelte nur den Kopf und duckte sich ein wenig, als würde er befürchten, dass die Pimpernell jetzt nicht mehr zischen, sondern spucken würde.

Sie seufzte nur, doch bevor sie eine neue Frage stellen konnte, begann René herumzudrucksen. »Was ist?«, herrschte sie ihn an.

»Äh, Clemens hatte Streit mit dem Typen des einen Mädchens. Aber-aber ich weiß nicht, wie er heißt!«, rief er gleich.

»Worum gings in dem Streit?«

»Na, um die blonde Tussi. Die war ziemlich blau und hatte sich dem Clemens echt an den Hals gehängt. Auf einmal kam der Kerl angerauscht und stänkerte. Die andere versuchte zu schlichten, da wurde er noch wütender. Wie es sich anhörte, dürfte er vorher dem Mädchen den Weisel gegeben haben, aber dass die sich einfach einen anderen anlachte, machte ihn stinksauer. Die Brünette zerrte ihn dann weg. Als sie wieder zurückkam, redete sie auf Clemens ein, und danach sind sie aufgebrochen.«

»Weißt du gar nichts über die Mädchen? Wo die wohnen, oder sonst irgendetwas?«

»Nix. Da rennen ja Hunderte von denen herum. Auf die Buddy-Party sind sie alle ganz scharf. Die schlafen gar nicht oder irgendwo.«

»Wie sah der Typ aus?«

»Der war kleiner als Clemens, aber bulliger. So ein auftrainierter. Und glatzert. Hinter dem linken Ohr hatte er eine

Schlange tätowiert. Das sah so idiotisch aus, dass ich mir das gemerkt hab.«

»Hast du gesehen, ob der Kerl Clemens und den Mädchen gefolgt ist?«

»Nein, er war ja nicht mehr da. Die Brünette hatte ihn ja weggeschleppt.«

»Denk noch nach! Wenn dir was einfällt, rufst uns an. Oder wenn du vielleicht irgendeinen zufällig siehst. Da gehts ja heute hurtig weiter.«

Grümpl gab René Littler eine Karte und klopfte ihm dann aufmunternd auf die Schulter. »Blöd hergegangen, wie es ausschaut«, versuchte er so etwas wie Trostworte.

Als die Beamten schon an der Tür waren, rief René sie zurück. »Ich hab aber die Telefonnummer von der Simone«, meldete er stolz.

Die Pimpernell nickte ihm beifällig zu, und Grümpl zückte noch einmal seinen Block.

»Wir müssten eigentlich die Telefonnummern von den drei Buddies auf dem Handy haben«, konstatierte er auf dem Weg zum Auto.

»Ja schon, aber ich würd mir die lieber anschauen. Fahr rüber zum Leodolter«, wies ihn die Chefin an.

In der Pension herrschte reges Treiben. Wahrscheinlich war jedes Besenkammerl vermietet worden, denn so viele Leute, wie da rumliefen, konnten dort unmöglich wohnen.

Die drei Männer waren schnell ausfindig gemacht, sie bewohnten das Familienzimmer (was immer das heißen mochte), wie die Tochter vom Leodolter ihnen ungefragt Auskunft gab. »Sie sind aber heute noch nicht heruntergekommen. Ich glaub, bei denen war es sehr spät«, informierte sie weiter.

Auf das Klopfen der Beamten rührte sich erst mal gar nichts. Doch die Pimpernell gab natürlich nicht so schnell auf, und nach einiger Zeit hörten sie hinter der Tür ein paar Flüche. Ein junger Mann riss die Tür auf und stand nackt, wie Gott ihn schuf, vor den Ermittlern. Er setzte zu einer neuerlichen Schimpftirade an, aber als sein Blick auf das Duo fiel, blieben ihm die Worte im Mund stecken.

Wie sie da standen, waren sie tatsächlich ein Anblick für Götter. Die große, schwere Pimpernell mit dem langen Rock und der selbstgestrickten Weste, die sie ausnahmsweise einmal nicht falsch zugeknöpft hatte, sondern gar nicht und die deshalb den Blick auf eine zerknitterte Rüschenbluse freigab, wie sie wohl in den Fünfzigern modern gewesen war. Ergänzt wurde das Ensemble von dem unvermeidlichen Jägerhut. Und daneben der ordentliche Grümpl, einen Kopf kleiner und gefühlt halb so schmal wie Luise, an dem alles grau war: Haare, Augen, Anzug, Krawatte und auch die Gesichtsfarbe.

»Grümpl, Polizeikommando Neusiedl. Und das ist Oberst Pimpernell vom LKA Eisenstadt«, stellte er vor und der junge Mann zuckte bei dem unerwartet dröhnenden Bass des kleinen unscheinbaren Wesens erschreckt zusammen.

»Öh-hm«, begann er zu stottern, schlug die Hände vor seine Intimteile und starrte sie belämmert an.

Luise machte einen Schritt auf ihn zu, und er wich wie in Trance zurück.

»Können wir reinkommen?«, fragte sie noch der Form halber, denn sie stand schon im Zimmer.

Als Familienzimmer waren zwei ineinandergehende Räume bezeichnet, in der sich wohl üblicherweise Schlafgelegenheiten für Eltern und Kinder befanden. In der unbeschreiblichen Unordnung, die hier herrschte, entdeckten die Beamten mehrere Personen, die in dem Doppelbett und in den Betten im Nebenraum lagen. Einige schnarchten vernehmlich vor sich hin. Der Mief über dem Ganzen war nicht von schlechten Eltern, und Luise stapfte zu den Fenstern und riss eines auf.

»Bitte wecken Sie Ihre Mitbewohner«, donnerte Grümpl. »Wir möchten mit Ihnen allen sprechen.«

»Was ist denn los?«, nörgelte der Nackte.

»Das werden wir Ihnen dann schon sagen. Jetzt wecken Sie die anderen und bedecken Sie sich bitte!«

Durch die dröhnende Stimme des Inspektors waren schon einige aus ihrem Tiefschlaf gerissen worden. Sie drehten und wendeten sich gähnend und grunzend auf ihren Schlafplätzen und starrten dann, ebenso wie ihr Kumpel vorher, perplex auf die beiden Ermittler.

Grümpl stellte Luise und sich selbst erneut vor und forderte lautstark: »Bitte stehen Sie auf und ziehen Sie sich etwas an.« Mit dem Rücken zum Geschehen stellte er sich neben die Pimpernell ans offene Fenster. Als sie sich umdrehten, zählten sie drei Männer und vier Frauen.

»Wir müssen Ihnen leider mitteilen, dass Clemens Holzbauer heute Nacht mit Genickbruch aufgefunden wurde. Wie es dazu kam, ist noch ungewiss, deshalb benötigen wir einige Auskünfte von Ihnen«, wurden sie vom Inspektor informiert.

Die Männer sahen einander erschrocken an. Den Gesichtern der Mädchen war abzulesen, dass sie keine Ahnung hatten, wer Clemens Holzbauer war.

»Vielleicht sagen uns die Damen schnell, wo und wie lange sie mit Ihnen zusammen waren, dann können sie uns verlassen«, mischte sich Luise Pimpernell ein.

Grümpl notierte die Personalien der jungen Frauen und ihre Zeugenaussagen, derweil die Pimpernell die Männer den Namen zuordnete, die Littler ihnen genannt hatte. Dann begann sie die Befragung.

»Sie kannten Clemens Holzbauer aus Wien?«

»Ja«, antwortete der Mann, der sich ihr gegenüber als Patrick Breitner ausgegeben hatte.

»Schon lange?«

»Ja«, wiederholte er. »Wir sind miteinander zur Schule gegangen.«

Marcel König und Oliver Neufels waren bei einer Versicherung beschäftigt, mit der Clemens Holzbauer zusammenarbeitete und bei der er selbst einige Jahre angestellt gewesen war, bevor er sich selbständig gemacht hatte. Die Männer bestätigten im Prinzip das, was die Ermittler schon von René Littler gehört hatten. Niemand hatte besonders auf das Geschehen im Partyzelt geachtet, alle waren mit ihrem eigenen Vergnügen beschäftigt gewesen. Auch sie kannten die Mädchen nicht, die mit Clemens angebandelt hatten – kannten sie doch nicht einmal diejenigen, die bei ihnen übernachtet hatten – und den Stänkerer hatten sie ebenfalls noch nie gesehen.

»Erzählen Sie mir bitte etwas von Holzbauers Leben«, bat Luise. »Lebte er allein, hatte er eine Freundin?«

»Clemens war zu unstet für eine feste Beziehung«, ergriff sein ehemaliger Schulfreund das Wort.

Unstet, dachte Luise, auch eine originelle Bezeichnung für einen Weiberhelden.

»Außerdem bedeutete ihm der Sport sehr viel. Welche Frau hätte sich schon mit der wenigen Zeit zufriedengeben wollen, die er neben seinen Aktivitäten und dem Job noch zur Verfügung hatte. Die meisten fanden ihn natürlich attraktiv und interessant, aber weiter ...«

Sprach da ein wenig Frust aus dem Guten? Luise sah Breitner scharf an. Sie konnte sich gut vorstellen, dass er neben dem durchtrainierten Clemens Holzbauer nicht sehr vorteilhaft abgeschnitten hatte, so mit Halbglatze und Schwimmreifen um Bauch und Hüften.

Einer der Männer mischte sich in das Gespräch ein.

»Sagen Sie, gute Frau, müssen wir in diese Ermittlungen einbezogen werden? Wir waren ja eindeutig alle miteinander weit entfernt vom Ort, wo Clem gestorben ist.«

»Woher wollen Sie das wissen?«, fragte die »gute Frau«.

»Egal, wir waren auf jeden Fall nicht dabei. Bei der Buddy-Party ist er bestimmt nicht ums Leben gekommen. Das hätten wir mitbekommen.«

So sicher war sich Luise da zwar nicht, aber sie ließ es darauf beruhen.

Es stellte sich heraus, dass Oliver Neufels verheiratet war und zwei kleine Kinder hatte. »Meine Familie muss von alldem ja sicher nichts erfahren«, meinte er und lächelte verbindlich.

»Ich weiß noch nicht, in welche Richtung unsere Ermittlungen führen werden, deshalb kann ich Ihnen gar nichts versprechen. Aber prinzipiell interessiert uns Ihr Treiben absolut nicht«, antwortete Luise kühl und rümpfte die Nase. »Wenn ich das richtig verstanden habe, hat nur Holzbauer an den Bewerben teilgenommen?«, kehrte sie wieder zum Wesentlichen zurück.

Die Männer nickten.

»Eine Frage noch: Wie ist er nach Neusiedl gelangt? Mit dem eigenen Wagen?«

»Ja, wie hätte er denn sonst seine Sportausrüstung an den See bringen sollen? Er hatte seine Riggs auch lieber in seiner Unterkunft in Schilfern, als hier in den Mietkabinen.«

»Und dann fuhr er in der Nacht besoffen in der Gegend herum?«

»Wie kommen Sie darauf? Clemens hat doch nicht getrunken. Er war Sportler. Wäre außerdem heute wieder an den Start gegangen.«

Luise fiel ein, dass Lois erzählt hatte, sich manchmal mit dem Toten auf ein Glas Wein zusammengesetzt zu haben. Aber das hieß natürlich nicht, dass dieser oft und viel getrunken hatte. Das ganze Drumherum hier hatte sie offensichtlich zu einer fälschlichen Annahme verleitet, was ihr gar nicht gefiel. Zeigte es ihr doch, dass sie dem Toten noch immer mit gewissen Vorbehalten gegenüberstand, wodurch ihre Intuition sicher beeinträchtigt wurde.

»Wie lange bleiben Sie in Neusiedl?«, fragte sie.

»Ich weiß nicht …«, antwortete Patrick zögernd. »An und für sich bis morgen Abend. Aber …« Er sah sich unsicher nach den anderen um. Auch die zuckten unschlüssig mit den Schultern. Der Spaß war ihnen sichtlich vergangen.

»Nun, Ihre Handynummern haben wir, falls es noch Fragen gibt.«

»Wie oder wo ist er denn jetzt gestorben?«, fragte Oliver Neufels, bevor die Beamten sich verabschieden konnten. Als Grümpl sie informierte, glitzerte etwas in den Augen des Mannes auf.

»Was amüsiert Sie?«, fragte Luise scharf.

»Es amüsiert mich nicht, und mit Sicherheit ist dreiunddreißig nicht das richtige Alter um ins Gras zu beißen. Aber irgendwie passt dieser Tod zu Clemens. Und ist letztendlich ja auch nicht der schlechteste, oder?«

Luise wandte sich ab. Nein, sie kam mit dieser modernen Generation nicht wirklich zurecht.

6

»Ich möchte mir den Tatort noch einmal anschauen«, dirigierte Luise ihren Kollegen in Schilfern zum Haus der Ludwiegs.

Die Bäuerin sah nicht so aus, als habe sie sich inzwischen von dem Schock erholt.

»Margret, könntet ihr vielleicht heute Nachmittag in die Dienststelle kommen, wir brauchen eure Fingerabdrücke.«

»U-unsere F-fingerabdrücke?«, stotterte die Angesprochene.

»Um sie ausschließen zu können. Die werden in dem Zimmer wohl zur Genüge sein. Überhaupt deine, du bist ja dort sicher ein und aus gegangen.«

Die Frau schaffte es gerade noch zu nicken. Dabei streifte sie unaufhörlich ihre Hände seitlich an den Jeans ab.

»Wir kommen dann kurz rein, wenn wir fertig sind«, entließ Luise sie und marschierte auf die Ferienwohnung zu.

Drinnen war es muffig und etwas düster. Sie öffnete ein Fenster und sah, wie sich auf der gegenüberliegenden Seite im Oberstock ein Vorhang bewegte. Sie blieb beobachtend stehen, doch nun regte sich nichts mehr.

»Was suchen wir hier?«, fragte Grümpl.

»Suchen nix, aber ich möchte mich ein bissl genauer umschauen. Vielleicht entdecken wir ja etwas. Denn bisher sind wir nicht sehr weit gekommen, oder?«

Sie spazierte im Zimmer herum und ließ ihren Blick schweifen. Dann blieb sie bei der Markierung des Leichenfundorts stehen, drehte sich um und schaute zur Kommode hin. Auf der Ablageplatte glänzten Wachsflecken, neben den beiden Leuchtern lagen die halb abgebrannten Kerzen. Luise steckte sie in die Halter zurück und rief: »Roman, kommst du bitte!«

Sie selbst blieb in der Richtung stehen, in der die Leiche gelegen hatte und Grümpl musste sich ihr gegenüber in etwa anderthalb Metern Distanz zu dem Möbel aufstellen. Als sie auf Grümpl zuging, wich dieser automatisch zurück, bis er an das Möbel anstieß. Sie drängte sich ganz nah an ihn, er japste nach Luft, drückte die Hände an ihre Oberarme und versuchte, sie wegzuschieben.

»Wart noch einen Augenblick«, bat sie und stieß ein paar Mal ruckartig an der Kommode. Die Kerzen fielen wieder aus ihren Halterungen und rollten beinahe in dieselbe Position, in der sie vorher gelegen hatten.

»Heb das Knie und stoß einmal zu«, forderte sie.

»Das geht nicht, dafür bist du zu nahe.«

Sie versuchte, ihrerseits ein Knie zwischen seine Beine zu drücken, dadurch stand sie selbst nur noch auf einem Bein. Grümpls Hände drückten diesmal fest unterhalb ihrer Schlüsselbeine an, sie schwankte ein weg und plötzlich spürte sie sein Knie an ihrem Unterleib. Sie trat zurück, drehte sich um und betrachtete die Position, in der sie stand.

»Ah!« Der Inspektor erholte sich langsam von dem Schock, in den ihn seine Chefin versetzt hatte. Er war ja einiges von ihr gewöhnt, aber diese Attacke hatte ihn doch überrascht. Gleichzeitig spürte er aber auch eine gewisse Bewunderung für ihre entschlossene Vorgehensweise, die auch nicht vor Peinlichkeiten zurückschreckte. Für sie zählte immer nur das Ergebnis.

»Da wollte jemand offensichtlich nicht ganz freiwillig mitmachen«, sinnierte Luise.

»Vielleicht das zweite Mädchen? Wie es aussieht, hat es ja einmal geklappt.«

»Aber wie wir die Mädels in dem Heuhaufen finden sollen, ist mir nicht klar. Noch dazu, wenn sie wirklich mit dem Tod Holzbauers was zu tun haben, sind sie sicher schon über alle Berge.«

»Vielleicht über den Glatzigen. Sollte er nicht beteiligt gewesen sein, könnte er noch hier sein.«

»Aber den zu finden ist genauso schwer. Bei dem schönen Wetter heute, da sind Tausende beim Opening.«

»Könnte ja sein, eins der Mädchen ist amtlich«, nährte Grümpl eine kleine Hoffnung.

Luise ging nachdenklich zur Tür. »Sag, fällt dir was auf? Der lebt fünf Monate hier und es gibt nicht ein einziges Buch da«, fragte sie.

»Vielleicht liest er elektronisch«, gab ihr Kollege zu bedenken.

»Auf dem Computer war nix. Reader oder Tablet haben wir auch nicht gefunden.«

»Und auf dem iPhone?«

»Geh, kann man da wirklich lesen?«

»Ja schon. Aber wohl nicht, wenn man leidenschaftlicher Leser ist. Worauf willst du hinaus?«

»Auf gar nix. Es ist mir nur aufgefallen, und dieser Breitner ließ auch anklingen, dass außer Job und Sport nix an dem Holzbauer dran war.«

»Für Männer … für Mädels anscheinend schon«, erinnerte Grümpl.

In der Wohnküche der Ludwiegs saßen Margret, ihre beiden halbwüchsigen Töchter und die Mutter von Lois beim Mittagessen. Nervös sprang die Bäuerin sofort auf und versuchte, mit den Beamten in den Vorraum hinauszugehen.

Die Töchter kicherten, als sie Luise sahen und warfen einander Blicke zu, die Bände sprachen. Dann nutzten sie die Gelegenheit, da ihre Mutter nicht so aufmerksam war, stocherten nur mit der Gabel auf ihren Tellern und tippten mit der anderen Hand auf ihren Handys herum.

Die alte Frau Ludwieg rief mit dem lauten Organ der Schwerhörigen: »Ah, Luiserl, lang nicht gesehen. Wie geht's deiner Mutter? Ich lass sie schön grüßen.«

»Danke, Frau Ludwieg«, antwortete Luise artig, obwohl ihre Mutter schon seit zwölf Jahren tot war.

»Gut schaust aus«, plauderte die alte Frau weiter und deutete auf den Platz neben sich. »Setz dich ein bissl her und erzähl mir, was es bei euch Neues gibt.«

»Tut mir leid, ein anderes Mal, heut hab ichs eilig, muss nur kurz was mit der Margret besprechen«, versuchte sich die Pimpernell diesem Geplauder zu entziehen.

Die Enkelinnen kicherten wieder, diesmal offensichtlich über etwas, das sie auf ihren Displays vorfanden. Ihre Mutter sammelte mit genervtem Blick wortlos die Handys ein und machte ein paar rasche Schritte Richtung Tür.

Die alte Frau Ludwieg ließ nicht so schnell locker. Mühelos übertönte sie mit ihrer Stimme den wütenden Diskurs ihrer Enkelinnen mit der Bäuerin. »Ist das dein Mann? Den kenn ich gar nicht.« Sie zog die Stirn in Falten und verstummte.

»Nein, das ist mein Kollege«, schrie die Pimpernell, doch die alte Frau hörte ihr nicht mehr zu, sondern starrte, noch immer stirnrunzelnd, die gegenüberliegende Wand an. »Kenn den gar nicht. Den Mann von der Luise. Aber der Anton ist das nicht. Wahrscheinlich hat mir keiner was gesagt. Mir sagt ja nie einer was. Dabei sag ich eh niemandem was. Das wär nämlich gar nicht gut.«

Luise hatte sich bei der Erwähnung Antons kurz auf die Lippe gebissen. »Wir gehen jetzt wieder«, wandte sie sich an die jüngere Ludwieg. »Eine Frage noch: Wer wohnt im Stock oben gegenüber dem Gästezimmer?«

»Mutter«, wisperte Margret.

»Ja? Was flüsterst du herum«, wurde die Alte wieder lebendig. »Immer diese Geheimnisse. Ist der Anton zu Hause? Ich sag sowieso nichts. Hab ja nie was gesagt. Weißt du Luiserl, das wär nämlich gar nicht gut, wenn ich was erzählen tät.«

Margret verzog genervt das Gesicht. »Brauchst noch was?«, fragte sie unfreundlich.

»Nein, danke, aber wenn ihr am Nachmittag wegen der Fingerabdrücke zum Roman kommen würdets, bitte.«

Die Frau nickte und öffnete rasch die Tür, um die Beamten hinauszukomplimentieren.

Wie schon in der Nacht, beschlich Luise Pimpernell beim Verlassen der Wohnküche ein flaues Gefühl. Die Stimmung bei den Ludwiegs hinterließ einen bitteren Geschmack in ihrem Mund. Oder lag es gar an der Erinnerung an Anton, den sie mit solchen Umständen absolut nicht in Zusammenhang gebracht haben wollte? Sie suchte in ihren Gedanken zusammen, was sie über die Ludwiegs wusste und vielleicht für dieses Grummeln verantwortlich sein konnte.

Lois war gut zehn Jahre jünger als sie selbst, aber würde ihre Mutter noch leben, dann wäre sie wohl im selben Alter wie die alte Frau Ludwieg. Ihre Väter waren beide schon auf dem Friedhof.

Margret war ein gutes Stück jünger als der Bauer, Luise schätzte sie auf sieben- oder achtunddreißig. Sie kam aus Frauenkirchen, ihre Eltern hatten dort ein Schuhgeschäft. Mit Wein hatten die nichts zu tun, und ob es Margret leicht gefallen war, sich in den Weinbaubetrieb einzufügen, war Luise nicht bekannt. Ihre Wege trafen sich selten. Meistens beim Heurigen, wie das hier so üblich war.

Vom Lois wusste sie, dass er in so ziemlich allen Vereinen dabei war – Jägerverein, Weinbauverein, Fußballverein, sogar im Winzerchor und natürlich bei der Freiwilligen Feuerwehr. Aber auch das war nichts Außergewöhnliches.

Ob Margret sich wo engagierte, wusste sie nicht. Irgendwie war die Frau nie besonders in Erscheinung getreten. Dabei war sie eine sehr fesche Frau, wie Luise fand. Relativ groß und immer noch schlank, mit blonden halblangen Haaren und einem schönen glatten Teint, trotz der Arbeit in den Rieden. Das Erscheinungsbild der Bäuerinnen hatte sich in den letzten Jahrzehnten geändert. Von den abgearbeiteten Frauen aus Luises Kindheit war nicht viel geblieben, außer den alten verhutzelten Frauerln mit den Kopftüchern, die noch immer auf den Bänken vor ihren Häusern saßen.

Ein bissl schwache Nerven dürfte die junge Frau Ludwieg haben, schien es Luise, aber was wusste sie schon, wie es einer Frau ging mit halbwüchsigen Töchtern und einer dementen Schwiegermutter auf dem Buckel. Außerdem war es sicher nicht lustig, einen Mord im eigenen Haus zu haben, der noch dazu mit finanziellen Einbußen verbunden war. Wahrscheinlich schlug Luises Einfühlungsvermögen auf diese Nervosität an.

»Jetzt habe ich auch Hunger«, meldete Grümpl. »Brauchst du mich jetzt unmittelbar? Sonst fahr ich nach Hause zum Essen. Wenn du willst, kannst du gerne mitkommen, heute gibt's Ritscher. Rosi freut sich bestimmt, dich wieder einmal zu sehen.«

»Oh schade, das geht sich mit der Rechtsmedizin nicht aus. Bitte bleib dort beim Supermarkt stehen, ich kauf mir eine Wurstsemmel.«

Auf dem kurzen Weg zum Postenkommando Neusiedl hingen beide ihren Gedanken nach. Der Fall stellte sich als äußerst verzwickt dar, da die Anhaltspunkte, die sie gefunden hatten, in Sackgassen führten. Der Tathergang schien logisch, das Motiv konnten sie nur vermuten, und damit hatte es sich auch schon. Wie sie die Mädchen, die wohl bis zuletzt mit dem Holzbauer zusammen waren, aufstöbern sollten, dafür hatten sie beide keine Idee. Das Surf Opening in Neusiedl war nicht gerade der ideale Zeitpunkt oder Ort, um junge Menschen ausfindig zu machen, die von weiß Gott woher zu der Veranstaltung gekommen waren.

Bevor sie nach Wien fuhr, machte sie rasch einen Sprung in die Dienststelle und checkte ihre Mails. Aber weder von der Springmaus noch vom Feuerfuchs fand sie eine Nachricht vor.

»Wenn die Ludwiegs da waren, kannst eigentlich nach Hause gehen. Außer es ergibt sich etwas wegen der Mädels, eh klar.«

Dass er telefonisch erreichbar sein musste, brauchte sie ihm nicht extra zu sagen, aber immerhin konnte er das restliche Wochenende vielleicht mit Rosi in seinem Haus in Neusiedl verbringen, anstatt mit den Kollegen auf dem Revier. Er war ja nicht weit vom Schuss.

7

Doktor Mussil wartete schon auf Luise.

»Es tut mir leid, aber natürlich gabs gerade heute einen Stau auf der A4. Eigentlich ist der um diese Zeit eher auf der Gegenfahrbahn zu erwarten, doch durch die Baustelle ...«, entschuldigte sie sich.

Der Rechtsmediziner verständigte seinen Kollegen und den Polizeifotografen, und so schritten sie zu viert in den Seziersaal. Die äußerliche Erstbeschau hatten die Mediziner schon vorgenommen. Mit der Obduktion durften sie allerdings erst beginnen, wenn ein Vertreter der Staatsanwaltschaft anwesend war. In diesem Fall war dies Oberst Luise Pimpernell als Leiterin der Abteilung »Verbrechen gegen Leib und Leben – Nördliches Burgenland« im LKA Eisenstadt. Das intern festgelegte Ritual war automatisch in dem Augenblick in Gang gesetzt worden, als sie den Abtransport der Leiche in die Rechtsmedizin angefordert hatte. Biggie Lantsch hatte am Morgen bei ihrem Dienstantritt alle entsprechenden Verordnungen des zuständigen Staatsanwalts bereits vorgefunden. Die Staatsanwälte selbst kamen so gut wie nie nach Wien in das Pathologische Institut.

Die Abdeckung wurde von Clemens Holzbauer gezogen, Doktor Mussil nahm das Foto aus dem Akt, das die Fundstelle der Leiche zeigte, und erklärte: »Nach der äußeren Beschau trat der Tod durch Genickbruch ein. Die Aufschlagstelle, wie auf dem Foto dokumentiert, kann damit in eindeutigen Zusammenhang gebracht werden. Weiters weist der Tote einige

Unterblutungen an seinem Körper auf. Da wäre als auffälligste die Zone seines Genitalbereiches zu nennen.«

Luise unterbrach ihn ungeduldig. »Gibt es auch Unterblutungen an den Oberarmen oder im vorderen Schulterbereich?« Mit bloßem Auge hatte sie auf die Schnelle keine erkennen können.

Doktor Mussil nickte und reichte ihr ein Vergrößerungsglas. »Sie sind nur ganz schwach, zählen nicht zu den Verletzungen, aber es sind welche da.«

»Ist es möglich, dass diese Male von einer Frau stammen, die ihn von sich wegdrücken wollte?«

Wieder nickte der Mediziner.

»Ich habe eine Vermutung. Darf ich sie Ihnen vorführen?« Sie zeigte an dem zweiten Sachverständigen ihre Hypothese, die sie mit Grümpl an der Kommode in der Ferienwohnung entwickelt hatte, und auch diesmal stimmte ihr der Doktor zu.

»Dafür würde auch der Verlauf des Blutergusses am Unterleib sprechen, dessen Stärke von unten nach oben verläuft. Es gibt noch weitere kleine Blutergüsse am ganzen Körper, aber die scheinen durch die Ausübung seiner sportlichen Tätigkeit hervorgerufen worden sein.«

»Wie ist es mit dem Geschlechtsverkehr? Es scheint erwiesen, dass er kurz vor dem Tod welchen hatte.«

»Dafür sprechen die Ejakulatspuren an seinen Geschlechtsteilen, aber ob er tatsächlich eine Penetration vorgenommen hat, werden wir erst nach dem Labortest sagen können.«

»Todeszeitpunkt?«

»Ein Uhr. Halbe Stunde auf oder ab.«

»Dann können Sie jetzt mit der Öffnung des Körpers beginnen. Ich überlasse Sie Ihrer Arbeit. Ich muss da nicht dabei sein. Ich warte auf Ihren Bericht. Danke Doktor!« Luise verabschiedete sich noch von den anderen beiden Herren und machte, dass sie an die frische Luft kam.

Da sie schon in Wien war, entschloss sie sich, bei Feuerfuchs persönlich vorbeizuschauen. Wenn sie sich auch nicht grün waren, so würde sie im direkten Gespräch vielleicht doch am besten etwas erfahren.

Ganz auf ihre Gedanken konzentriert, entging es ihr zuerst, dass die Beamten an der Sicherheitsschleuse der Kriminalpolizei einander bei ihrem Anblick bedeutsame Blicke zuwarfen.

»Na, gute Frau, zu wem wollen wir denn?«, fragte ein baumlanger Kerl von oben herab.

»Ich wusste nicht, dass Sie zu jemandem wollen«, antwortete sie, was den jungen Mann seine Augen zu Schlitzen zusammenziehen ließ. Die umstehenden Kollegen grinsten spöttisch und warteten sichtlich gespannt auf die Fortsetzung des Disputs.

Plötzlich ritt Luise der Teufel. Seltsame Reaktionen anderer bei ihrem Auftreten waren ihr schon lange egal, aber diesmal beschloss sie, sich einen Spaß daraus zu machen, den überheblichen Kollegen eine kleine Lektion zu erteilen.

»Hier ist nicht der richtige Ort und Zeitpunkt für Spitzfindigkeiten«, erklärte der Uniformierte. »Also, wer sind Sie und zu wem wollen Sie?«, fragte er nun streng.

»Ich möchte zu Herrn Feuerfuchs«, gab sich Luise gekonnt eingeschüchtert.

»Sie meinen *Major* Feuerfuchs«, wurde sie sofort korrigiert.

»Wenn Sie ihn so anreden müssen. Ich nenn ihn immer nur Feuerfuchs«, konterte sie mit naivem Augenaufschlag.

Der Beamte lief rot an und die Kollegen feixten.

»Bitte füllen Sie das Formular aus. Ihr Name und das Anliegen.«

»Ich sehe das nicht. Ich habe keine Brille mit«, widersetzte sich die Pimpernell.

Der Mann winkte einer jungen Kollegin. »Geh bitte, hilf der Frau da bei dem Formular und mach dann einen Check«, ordnete er kurz angebunden an und verdrehte dabei die Augen. »Und bitte geben Sie mir Ihre Tasche, ich muss sie kontrollieren.«

Luise rückte den ehemaligen Schulranzen von ihrem Rücken auf den Bauch vor und drückte ihn dort eng an sich. Nur widerstrebend zog sie den Riemen über den Kopf und reichte dem Kontrollbeamten das schweinslederne Ungetüm.

»Ich ... «, begann sie stotternd. »Ich möchte nur sagen ... In dem Seitenfach, ganz unten ...«

Mit einer Handbewegung wurde ihr das Weiterreden abgeschnitten.

»Bitte sagen Sie mir Ihren Namen«, bat die junge Kollegin mit schlecht verhohlenem Spott.

»Pimpernell. Luise Pimpernell«, bekam sie mit mildem Lächeln zur Antwort. »*Oberst* Luise Pimpernell.«

Während die Beamtin plötzlich sehr bestürzt dreinblickte, hörte man von ihrem Kollegen, der die Tasche kontrollierte, einen empörten Ausruf. Er hatte die Glock von Luise Pimpernell auf dem Grund eines der Seitenfächer entdeckt. Wenn Luise sie auch in der Praxis seit Jahren nicht mehr benutzt hatte, so trug sie die Pistole im Dienst dennoch stets bei sich. Aber eben nicht am Körper, sondern in der Tiefe ihrer unterschiedlichen, immer sehr geräumigen Umhängtaschen.

»Was wollen Sie hier mit der Waffe?«, schrie er aufgeregt.

»Abgeben.« Luise wandte sich ihm wieder mit arglosem Augenaufschlag zu. »Ich weiß ja, dass ich damit nicht in das Gebäude darf.«

Seine Kollegin machte wilde Gesichtsverrenkungen zu dem Mann hin, aber er war nicht mehr zu stoppen.

»Das ist kein Spaß!«, schrie er. »Sie werden uns sehr genau erklären müssen, wieso Sie damit herumlaufen.«

»Ich habe eine Genehmigung dafür.«

»Die werden wir überprüfen. Und zwar ganz eingehend. Darauf können Sie Gift nehmen. Sie wollen in das Polizeipräsidium und haben eine Pistole mit. Denken Sie sich nichts dabei?«

»Was hätte ich denn damit machen sollen? Sie in einem Papierkorb vor dem Gebäude verstecken, oder wie? Im Auto darf ich sie auch nicht lassen, wie Sie vielleicht wissen.«

»Was ich weiß oder nicht, geht Sie gar nichts an«, antwortete er eisig.

Aber nun wurde es Luise langsam zu blöd. »Oh doch«, sagte sie ruhig. »Und es kann leicht sein, dass ich das überprüfen lassen werde. Und zwar ganz eingehend.«

Sie griff in ihre Westentasche, was den ambitionierten Typen glatt dazu verleitete, die Hand zu seiner eigenen Waffe zucken zu lassen. Da lachte sie lauthals auf und schlug sich mit der anderen Hand auf den Schenkel. Ganz langsam zog sie ihren Ausweis heraus und hob ihn an die Augen ihres Gegenübers.

In den Gesichtsausdruck seiner zersplitternden Wichtigkeit sagte sie freundlich: »Und nun möchte ich endlich zum Feuerfuchs.«

Major Feuerfuchs hatte es allerdings vorgezogen, sich ins Wochenende zu begeben und war nicht da. Niemand der Anwesenden in seiner Abteilung kannte sie, und so ging das Gefeixe erneut los. Doch die Frau Oberst mochte nicht mehr spielen und verschaffte sich rasch Respekt.

Ein junger Mann mit roten Haaren und einem Gesicht voller Sommersprossen trat zu ihr. »Ich bin Bezirksinspektor Rosenwarter, ich kann Ihnen gerne Auskunft geben. Ich war bei der Familie von Holzbauer und auch in dessen Wohnung.«

Er lächelte freundlich und Luise spürte, dass sie einen guten Draht zu dem Mann hatte, auf jeden Fall einen viel besseren als zu Feuerfuchs. Er holte den Akt und führte sie in eines der Befragungszimmer, wo sie ungestört miteinander reden konnten.

»Die Eltern sind geschieden, die Mutter wieder verheiratet und lebt in Hietzing in einer stattlichen Villa. Sie war erschüttert, jedoch hatte sie ihren Sohn schon seit über einem Jahr nicht gesehen. Das Verhältnis dürfte nicht sehr gut gewesen sein. Der Vater lebt angeblich als Aussteiger in Griechenland, und wir sind noch auf der Suche nach ihm. Keine Geschwister. Ich habe die Frau in dieser Situation nicht unter Druck setzen wollen, aber wenn Sie glauben, dass das Zerwürfnis von Bedeutung ist, dann werde ich sie selbstverständlich ein zweites Mal befragen.«

»Danke, im Augenblick sehe ich dafür keine Notwendigkeit. Wir gehen davon aus, dass die Ursache von Holzbauers Tod mit dem Surf Opening in Zusammenhang steht, eher ein Unfall mit Fremdbeteiligung als Mord.«

»Seine Wohnung im zweiundzwanzigsten Bezirk ist in einem dieser modernen Neubauten. Es handelt sich um eine Genossenschaftsmaisonette mit Terrasse im Dachgeschoß. Sehr schick! Und typisch männlich.« Er grinste, und Luise sah ihn fragend an. »Viel Chrom, viel Weiß, wenig Möbel, breites Bett, mehrere originalverpackte Zahnbürsten und eine Lade voller Kondome«, informierte er, und nun grinste auch Luise.

»Es gab also keine Anzeichen für eine feste Freundin?«

»Nein, auch keine Fotos. Ein paar moderne Bilder, nur Farben und Striche. Noch etwas ist mir aufgefallen: Der Typ hatte nicht ein Buch in seinem Haushalt.«

Luise spitzte die Lippen und nickte ihm anerkennend zu. Ja, mit dem konnte sie gut arbeiten, sie hatte es gleich gespürt. »Haben Sie mit den Nachbarn gesprochen?«

»Nein, ich habe niemanden gesehen, und um anzuläuten und zu fragen, da fehlte mir der Überblick, ob es gewünscht, bzw. notwendig ist. Abgesehen davon hat das Haus sechs Stockwerke. Da weiß heute erfahrungsgemäß ja keiner mehr etwas von den Nachbarn.«

»Und der Hausmeister?«

»Gibt es keinen. Das Haus wird von einer externen Firma betreut.«

»Okay. Aber ich bitte Sie, die unmittelbaren Nachbarn doch zu befragen. Vielleicht gibt es besondere Auffälligkeiten. Einen Versuch muss es uns wert sein.«

»Unmittelbare Nachbarn hatte er nicht. Seine Wohnung ist die einzige im Dachgeschoß. Daneben ist noch eine Gemeinschaftssauna, aber gewohnt hat nur er da oben. Ich werde die Parteien unter ihm befragen.«

Sie lächelte ihn an. »Es ist mir eine Beruhigung, *Sie* vor Ort zu wissen. Ich glaube, mit Ihnen kann ich gut zusammenarbeiten.«

Das war typisch Luise. So ruppig sie einerseits sein konnte, auf der anderen Seite zeigte sie gerne ihr Wohlwollen, wenn es denn da war. Und auf diese Weise schaffte sie es stets, dass die Leute bereits nach kurzer Zeit ihr Erscheinungsbild nicht weiter beachteten.

Auch Rosenwarter war spürbar auf ihre Seite gewechselt und sie verabschiedeten sich herzlich voneinander. Wann immer sie in Wien etwas brauchen würde, wäre ihr Auftrag an Feuerfuchs, den jungen Bezirksinspektor damit zu betrauen. Der Gedanke, wie der Major daran zu beißen haben würde, schenkte ihr ein breites Schmunzeln, das sie auch nicht verließ, als sie an den nun diensteifrig grüßenden Kollegen vorbei durch die Sicherheitsschleuse wieder ins Freie trat.

8

Auch auf dem Rückweg kam sie in einen Stau auf der Autobahn. Es war wirklich lästig mit dieser Baustelle, an der schon viel zu lange gearbeitet wurde. Oder eigentlich nicht, denn auf beinahe acht Kilometern sah sie nicht einen Arbeiter.

»Ich möchte nur wissen, wo die Hackler alle sind. Kilometerlang nicht einer zu sehen. Die glauben, jeder hat so viel Zeit wie sie selbst«, regte sie sich laut und äußerst undamenhaft darüber auf.

Sie rief bei Grümpl an und informierte ihn über die Ergebnisse des Nachmittags. Er berichtete das Wenige, was es in Neusiedl gegeben hatte. Die Ludwiegs waren da gewesen, die Berichte von Rosenwarter und der Spusi waren bereits im Akt. Die Spurensicherung hatte seiner Meinung nach keine besonderen Hinweise gebracht. Es gab jede Menge Fingerabdrücke, keine waren amtsbekannt, die Laborauswertung war noch nicht abgeschlossen. Die Mädchen blieben nach wie vor verschwunden.

In Luise Pimpernell breitete sich leichte Resignation aus, und sie beschloss, direkt nach Hause zu fahren. Heute würde sie wohl nichts mehr erledigen können und sie fühlte sich ausgebrannt und abgespannt. Sie brauchte Abstand und frische Luft.

Sie stellte den Mercedes 230 Diesel aus den Achtzigerjahren, den sie von ihrem Vater übernommen hatte, in ihrem Hintaus-Stadel ab. Auch bei ihren Autos machte sich ihre Leidenschaft für das Bewahren bemerkbar. Luise gehörte zwar nicht zu den Leuten, die Unnötiges aufbewahrten oder gar Müll sammelten, aber zu denen, die nicht gerne Neues kauften, wenn sie etwas passendes Altes fanden. Sie versuchte, der Wegwerfgesellschaft der westlichen Welt beizukommen, indem sie ihr Haus, die Möbel, ihre Garderobe jahrzehntelang hegte und pflegte. Und ihre Autos.

Sie hatte einige davon übernommen, als diese von ihrer Verwandtschaft aussortiert worden waren. In jungen Jahren hatte sie sich sogar recht ausgiebig mit Kraftfahrzeugmechanik beschäftigt. Damals, als die Autos noch nicht von Computern gelenkt wurden, sondern man nachvollziehen konnte, wie ein Motor oder ein Vergaser funktionierte, fand sie es ausnehmend spannend, an Autos herumzubasteln. Später hatte sie das Glück, dass ihr Neffe Sebastian (der Sohn ihres älteren Bruders Nepomuk) diese Leidenschaft teilte. Lange Jahre hatten die beiden in ihrem Stadel gemeinsam gewerkelt. Heute war es für Luise nicht mehr so lustig, unter Autos zu kriechen, und das Herumschrauben hatte die große Anziehungskraft für sie verloren. Wenn es Probleme gab, was bei den sorgsam gepflegten Schätzchen selten genug auftrat, kümmerte sich Sebastian darum, dessen Spaß an Luises »Oldtimern« ungebrochen war.

So bestand ihr Fuhrpark, nebst dem chromblitzenden Mercedes, aus einem Siebziger-Kadett, einem VW-Käfer (noch mit kleinem Heckfenster!), einem Ford Taunus und einem VW-Bus der ersten Generation. Den Mercedes fuhr sie im Alltag, den Transporter verwendete sie bei Bedarf mit Wechselkennzeichen. Die anderen Prunkstücke besaß sie nur mehr aus Nostalgiegründen, putzte und polierte jedoch immer noch an allen leidenschaftlich herum.

Rasch stopfte sie ein paar Bissen von dem Krautstrudel in den Mund, den sie gestern gemacht hatte – und der ihr glücklicherweise auch kalt gut schmeckte – und verließ dann Hintaus wieder ihr Heim.

Mit großen Schritten stieg sie den sanften Hügel hinauf. Auf dem Kamm des Weinbergs verlief ein nahezu ebener Weg ein paar Kilometer den Wagram entlang. Ein Stück eines Weitwanderweges, der einige Ortschaften miteinander verband. Dahinter breitete sich die endlos scheinende Weite der Parndorfer Platte aus.

Das war Luises Gedankenordnungsparcours. Hin und zurück brauchte sie dafür eine knappe Stunde und diese nahm sie sich meistens, um Distanz zwischen Beruf und Privatleben zu schaffen. Sie hatte mit sich selbst das Abkommen, dass der Job vor ihrer Haustür geparkt wurde. Zu Hause war er nur ein kurzer Gast, gerade wenn sie Telefonate entgegennehmen musste oder daraus resultierende Anordnungen traf. Zum Nachdenken wechselte sie in die Weinberge.

Die ersten Minuten lüftete sie einfach aus, wie sie das nannte. Sie ließ ihre Blicke schweifen und atmete tief und lustvoll.

Der frühe Abend des letzten Samstags im April lag mild und wolkenfrei über dem Land. Der Ausblick war grandios. Die exakten Zeilen der Weinstöcke, die alle zum See hinunterliefen, trugen das hell schimmernde Grün dieser Jahreszeit, das die beinahe unsichtbaren Weinblüten herbeizauberten. Vereinzelte Obstbäume standen noch in Blüte, aber die üppige allgemeine Kirschblüte, zu der sogar Touristen angereist kamen, war bereits vorbei.

Die schon tief stehende Sonne tauchte den Horizont der riesigen Wasserfläche in diffuses goldenes Licht. In kurzer

Zeit würde die Farbe zu allen möglichen Orangeschattierungen wechseln, und die Sonne wie ein glühender Ball im »Meer der Wiener« versinken. Hunderte Male hatte Luise dieses Schauspiel schon miterlebt. Aber jedes Mal von Neuem durchfluteten sie unbändige Freude und große Dankbarkeit dafür, dass sie an diesem wunderbaren Ort geboren war und in Frieden hier leben konnte.

Auf diese Art gestärkt, lenkte sie die Gedanken in Richtung ihres ungelösten Falles. Sie sortierte in ihrem Kopf alles hin und her und blieb doch ohne Ansatzpunkt, wie sie die jungen Frauen finden sollten.

Darüber hinaus hatte sie nach wie vor das Gefühl, dass sie sich von der Antipathie gegen Holzbauer viel zu sehr ablenken ließ. Verleitete sie das dazu, nur in eine Richtung zu ermitteln, fragte sie sich. Waren die Mädchen wirklich der einzige Ermittlungsansatz? Grümpls Einwand fiel ihr ein, dass man für sexuelle Spielereien nicht unbedingt ein Bett brauchte. Hätten sie sich an der Kommode vergnügt, hätte Holzbauer sich auch solche leichten Druckstellen am Körper holen können. Die bewiesen also nicht zwangsläufig, dass eines der Mädchen sich gewehrt hatte. Sie musste den Doktor noch einmal danach fragen. Die Kerzen jedenfalls wären sicherlich auch beim einvernehmlichen Gestoße herausgefallen.

Konnte es nicht überdies möglich sein, dass der Schlag in die Weichteile gar nicht mit dem Sturz in Verbindung stand? Auch wenn ihr im Augenblick absolut keine andere Version einfiel, wie Clemens Holzbauer zu Tode gestürzt sein könnte, sie durfte sich keinesfalls von einer einzigen Auslegung blockieren lassen.

Sie erreichte ihre Lieblingsbank und nahm Platz, um das Schauspiel des Sonnenuntergangs in Ruhe genießen zu können. Wieder erfüllte sie ein unbeschreibliches Gefühl, ein Einssein mit der Natur und mit dem Universum in der Stille ihrer einzigartigen Heimat.

Einmal war Luise in den Bergen gewesen. Die Enge der prachtvollen Landschaft hatte ihr nach ein paar Tagen den Atem genommen, und sie hatte die Flucht nach Hause ergriffen.

Die einzigen Urlaube, die sie ertrug, waren an einsamen Meeresstränden, abseits von touristischen Pfaden. Wasser war ein Muss für sie – nicht zum Baden, aber im Auge. Österreichs Seen waren alle von Bergen eingesäumt, ihre Sinne bedurften jedoch der von zu Hause gewohnten Weite. Vor einigen Jahren hatte sie im Süden Kroatiens ein solches Juwel entdeckt, und wenn sie denn wirklich einmal wegfahren wollte, begab sie sich seither dahin. Aber auch das geschah immer seltener.

Nach wie vor rannte sie am liebsten in den Weinbergen herum, mit Blick auf den See. Sie brauchte ihn weder für ein Segelboot, noch für einen Badestrand. Was sie benötigte, war die Dimension des Horizonts, die Ordentlichkeit der Rieden, das Unaufgeregte, die Ruhe, die aus ihnen aufstieg, und die vielen Beobachtungen der »kleinen Natur«, wie sie es nannte: Vögel, Hasen, Schnecken, Ameisen, Hummeln und wildwachsende Pflanzen, von winzigsten Blütensternchen bis zu riesigen Klettenstauden. Stundenlang konnte sie hier kreuz und quer laufen und ließ sich immer wieder davon entzücken, was sie am Wegesrand und zwischen den Weinstöcken alles miterleben durfte.

Oft war sie schon gefragt worden, wie es ihr in ihrem Beruf gelang, so ausgeglichen und optimistisch zu bleiben. Sie wusste, es lag daran, dass sie ihr Privatleben auf Beine gestellt hatte, die ihr innerstes Wesen trugen, und dass sie sich nirgends hinziehen ließ, weder in gesellschaftliche Konventionen, noch in die Auswüchse der Konsumgesellschaft. Dass sie gelernt hatte, Beruf und Freizeit strikt zu trennen.

All dies hatte sie ihrer Oma zu verdanken. Denn im häuslichen Weinbaubetrieb mussten früher alle hart arbeiten, auch die Kinder. Da war keine Zeit, um auf eines besonders einzugehen, womöglich seine Neigungen zu fördern oder es gar zu bespaßen. Ihre Großmutter lehrte sie die Kraft der Stille und des Insichgehens. Von ihr lernte sie die große Kunst, das zu tun, dem man nicht ausweichen konnte, sich davon aber nicht von seinem Weg abbringen zu lassen.

Ihre Großmutter, die ein Leben voller Entbehrungen und harter Arbeit wie auch zwei Weltkriege hinter sich hatte. Und die mit schwieligen Händen die zartesten Handarbeiten zauberte und dazu im Jazzrhythmus mit dem Bein wippte, dessen Knie ihr beim Gehen fast nicht mehr gehorchte.

Die Sonne war im See ertrunken und Luise machte sich in ihrer trabenden Gangart auf den Weg nach Hause. Dort wo der Kammweg eine Abzweigung zur letzten Hintaus-Reihe des Ortes nahm, lag der Weinkeller des Bauern Emser. Hier in Schilfern gab es keine durchgehende Kellergasse, wie in den meisten anderen Dörfern des Seewinkels. Die Keller waren vorwiegend direkt unter die Rieden ihrer Besitzer gegraben. Ihre halbrunden Eingangsseiten mit den Tormäulern lugten zwischen den Rebenzeilen wie Gesichter aus den Weingärten.

Der alte Emser hatte die meisten seiner Weinstöcke bereits verpachtet, jedoch noch so viele behalten, wie er allein bewirtschaften konnte. Der Weinberg war sein Leben und der Keller sein Zuhause. Tatsächlich wohnte er selbstverständlich nicht dort, aber seit seine Frau gestorben war, ging er eigentlich nur mehr zum Schlafen in das Haus, das sie gemeinsam bewohnt hatten. Er werkelte in seinem Keller oder besuchte seine Weinstöcke und sprach mit ihnen.

Die Kinder hatten moderne Häuser gebaut, seine zwei Söhne arbeiteten auf dem nahe gelegenen Flughafen und die Tochter als Kindergärtnerin im Nachbarort. Er sah sie selten. Meistens gab es Streit, wenn sie kamen. Sie waren mit dem Leben des alten Mannes nicht einverstanden. Ihrer Meinung nach sollte er es sich schon längst in einem Altersheim »gutgehen lassen«.

Der Emserkeller war wie sein Besitzer ein Relikt aus der Zeit, als der Weinbau die Region prägte, nicht der Tourismus. Ein Treffpunkt der »echten« Einheimischen, die hierher kamen, um bei einem Glaserl des naturbelassensten Weins von Schilfern – und wahrscheinlich auch der Umgebung – von der alten Zeit zu sprechen und über die neue zu jammern.

Vornehmlich waren es Männer, denn die alten Frauen trugen heute wie damals noch immer Stühle vor ihre Häuser in Neuhof, um mit den Nachbarinnen zu tratschen, oder bedauerten auf dem Friedhof gemeinsam den Wandel der Zeiten. Nur vereinzelt verirrten sich Frauen zum Emser. Zwei, drei Bäuerinnen, die ihre Weinbaubetriebe selbst führten und für die der Austausch mit den erfahrenen Winzern interessanter war als der über Blumenschmuck auf den Gräbern.

Und Luise.

Luise schaute immer gern beim Emser vorbei. Sie genoss seinen Wein und die Gespräche der alten Herrschaften, aber auch ihr gemeinsames Schweigen, das oft den Keller erfüllte. Etwas, das in der heutigen Zeit nicht mehr leicht zu finden war.

Jetzt machte sie ebenfalls einen Einkehrschwung. Ein Glaserl vom Emser-Welschriesling würde sicher eine gute Überleitung in ihren Abend sein. Vorsichtig stieg sie die ausgetretenen Stufen zu der kleinen Plattform hinunter, die vor dem Abgang in die eigentliche Kellerröhre als Aufenthaltsraum für Verkostungen diente.

Hier war es schon ziemlich dunkel. Es gab in diesem vorderen Teil zwar elektrisches Licht, aber der Emser zündete noch immer am liebsten Kerzen an. Er tat dies aus Nostalgie, allerdings nicht wegen der Romantik, sondern weil ausgehende Kerzen vor den Gärdämpfen im Keller warnten.

Sie sah in dem schwachen Licht nicht gleich, wer an dem groben Holztisch saß, und es entrang sich ihr ein kleiner Seufzer, als sie erkannte, dass Bürgermeister Weisz und Pfarrer Ägidius Zsoltan neben zwei Freunden vom Emser Platz genommen hatten.

Das gestörte Verhältnis, das sie an sich schon zu den Institutionen der Amtskirche hatte, wurde durch ihren Vertreter der Pfarre Schilfern noch zusätzlich gefördert. Der Geistliche ging ihr meistens furchtbar auf die Nerven. Aber vor allem vom Bürgermeister war zu erwarten, dass er sie auf den Fall Holzbauer ansprechen würde. Und das war genau das, womit sie für den heutigen Abend bereits abgeschlossen hatte. Am liebsten hätte sie sich umgedreht und wäre einfach wieder gegangen.

Doch der alte Bauer hatte sie schon gesehen und rief: »Luiserl, wie schön! Jetzt warst lang nicht da!«

»Aber Herr Emser, ich war doch am Mittwoch herunten.«

»No«, antwortete er mit listig funkelnden Greisenaugen. »Sind schon drei Tage ...« Er schlurfte zu einem Abstellregal, auf dem ein Lavoir zum Waschen der Gläser stand. Das Wasser wurde aus einer blechernen Kanne hineingegossen. Emser holte für sie ein Stielglas und eine der dort abgestellten Flaschen.

Aufgeregt öffnete er sie und wedelte Luise mit der Hand an seine Seite. »Kost einmal!«, forderte er sie auf. »Den habe ich gestern gefunden. Der ist vom Jahrhundertsommer. So was kommt nicht so bald wieder. Als ich die Flaschen gesehen hab, dachte ich sofort, das ist was für die Luiserl.« Er tätschelte ihr die Hand. »Kost, Mäderl!«

»Sieht der Vinzenz die Frau Pimpernell, springt er um den Wein ganz schnell.« Der Pfarrer, dieser heilige Mann, pflegte einen unheiligen Drang zu misslungenen Reimen und gab leider sofort einen zum Besten.

Alle Anwesenden verzogen peinlich berührt das Gesicht, sogar der Bürgermeister, der einigermaßen resistent gegen so vieles war, wenn es um schlechten Geschmack ging.

Luise beachtete ihn nicht weiter, hielt das Glas gegen das Kerzenlicht und schwenkte es sanft im Kreis. Glatt und golden schimmernd lief der Wein von der Glasinnenseite ab. Sie nahm einen tiefen Schluck, rollte ihn im Mund ein paar Mal hin und her, machte beim Schlucken einen Schmollmund und schmatzte leise vor sich hin.

»Der kann was«, stimmte sie dem Alten zu. »Da muss ich jetzt ja wirklich jeden Tag kommen.«

Der Emser lächelte glücklich. Als der Bürgermeister nach der Flasche griff, klopfte er ihm auf die Finger. »Nix da, der ist für die Luiserl.«

Rudi Weisz schnitt eine spöttische Grimasse zum Pfarrer hin. »Na, lass uns doch wenigstens kosten«, raunzte er.

»Wär wahrscheinlich eh gut, da könntest einmal lernen, wie ein ordentlicher Wein gemacht g'hört«, konterte der Bauer und grinste anzüglich. Die Weine des Bürgermeisters standen nicht in dem Ruf, zu den besten des Ortes zu gehören. »Glaseln musst aber selber holen. Ich steh jetzt nicht noch einmal auf«, zeigte er sich dann kompromissbereit.

Sofort sprang der Pfarrer auf und brachte zwei Gläser.

»Und was ist mit den anderen? Ist das eine christliche Einstellung?«, schimpfte der Emser.

Der Pfarrer bekam einen roten Kopf und machte sich noch einmal auf den Weg. Der Alte schenkte jedem grade mal zwei Fingerbreit ein und schob die Gläser über den Tisch. Mit demselbem Ritual wie vorher Luise kosteten die Männer, und man hörte vorerst nichts weiter als Geschmatze, dem allgemeines andächtiges Kopfnicken folgte.

Nur der Bürgermeister konnte offenbar nicht so richtig genießen. »Was ist denn jetzt mit dem Holzbauer?«, richtete er die befürchtete Frage an Luise.

»Rudi, bitte, ich bin privat da«, versuchte sie abzuwiegeln.

Doch so leicht gab der Ortsvorsteher nicht auf. »Was heißt privat. Ich bin ja auch privat da. Aber das ist wichtig für unsere Gemeinde. Ich muss doch informiert werden.«

»Du weißt ganz genau, dass ich hier sicher nichts über den Fall erzählen werde. Also lass mich in Ruhe!«

Nun mischte sich auch der Pfarrer ein. »Ich habe von dem schrecklichen Vorfall gehört. Wie ist denn das passiert?«, fragte er und vergaß aus Neugierde sogar, einen seiner peinlichen Reime zu kreieren.

»Hochwürden, hören Sie schlecht?« Luise wurde ungehalten. »Ich werde gewiß nicht über Berufliches smalltalken.«

Beleidigt hob der Pfarrer das Glas an seine Lippen und stürzte den Rest in einem Zug hinunter. Der Emser ließ einen empörten Laut hören und riss dem Geistlichen das Glas aus der Hand.

»Ich bin aber doch Amtsträger«, versuchte es der Bürgermeister erneut. »Und als solcher …«

Weiter kam er nicht, denn Luise unterbrach ihn schroff. »Die Zeiten sind lange vorbei, als der Polizeiposten noch im Ort war und du deshalb eingreifen konntest. Jetzt liegt alles im Bezirksbereich und in meinem Fall sowieso in Eisenstadt. Du kannst aber gerne beim Luisinger nachfragen.« Sie wusste genau, dass sich die beiden gar nicht grün waren. Sie nahm das Glas und wollte einen schnellen Schluck nehmen, besann sich jedoch rechtzeitig auf den guten Tropfen, der es absolut nicht verdient hatte, als Ärgernisrunterspüler verwendet zu werden.

Die beiden anderen Besucher prosteten ihr vergnügt zwinkernd zu und gemeinsam mit ihnen lehrte sie ihr Glas genüsslich. Der Emserbauer griff sofort nach der Flasche, doch Luise legte die Hand über ihr Glas. »Ich muss jetzt gehen, Herr Emser, aber morgen schau ich wieder herein«, versprach sie ihm, als sie seinen enttäuschten Gesichtsausdruck sah.

Auf dem Weg zu ihrem Haus hinunter ärgerte sie sich noch immer, und ihr Unmut wurde dadurch verstärkt, *dass* sie sich ärgerte. Jetzt hatte sie den Fall wieder im Kopf. Plötzlich entschied sie sich, nicht nach Hause zu gehen, sondern den Heurigen ihres Bruders aufzusuchen. Da würde sie etwas Gutes zu essen bekommen, und vielleicht konnte er ihr ja etwas über den Clemens Holzbauer erzählen, das ihr weiterhalf.

Das Lokal war sehr gut besucht, doch am Stammtisch war selbstverständlich immer ein Platzerl für Luise frei. Allerdings würde sie da nicht mit Albert reden können.

Sie vertrieb sich Hunger und Zeit mit einer Portion des ausgezeichneten kalten Kümmelbratens, den ihre Schwägerin wie keine andere zubereitete, und plauderte mit den Gästen am Tisch. Da sie Luise alle gut genug kannten, wagte es keiner, nach ihrem Fall zu fragen, und sie entspannte sich rasch. Auch ihr Bruder hatte einen ausgezeichneten Tropfen, und so wurde der Abend langsam wieder recht angenehm. Als das Hauptgeschäft etwas nachließ, zog sie ihn dennoch in die Küche und fragte nach Clemens Holzbauer.

Albert verdrehte die Augen. »Das war ein Hallodri ersten Ranges«, informierte er sie.

»In welcher Art?«

»In jeder. Er war ein Unruhestifter und hinter den Weibern her wie der Teufel hinter den armen Seelen«, begann er seine Personenbeschreibung. »Wenn er angesoffen war, wurde er besonders unangenehm. Immer lauter, manchmal auch aggressiv und er begrapschte jede Frau, die in Reichweite an ihm vorbeiging.«

Luise runzelte die Stirn. »Er hat gesoffen?« Sie hatte da etwas anderes gehört.

»Na, was glaubst, da sahen die Einheimischen daneben manchmal wie Waisenkinder aus. Er und der René, die haben ganz schön was weggeschluckt miteinander. Und dann sind sie anlassig geworden. Beide. Der Littler-Bub ist ja nicht so zum Zug gekommen, Schmalspurcasanova wie er ist. Der Clemens aber, der hatte einen Lauf bei der Damenwelt. Und es gab auch immer wieder Gerede.«

»Ach ja?« Das interessierte seine Schwester natürlich sehr.

»Der war hinter jeder her, egal ob alt oder jung. Und es gibt bei uns im Ort einige Damen, die sich vernachlässigt fühlen.«

»Wer zum Beispiel?«

»Voriges Jahr lief da scheinbar was mit der Lotte.«

Aha. Nun, das konnte Luise halbwegs verständlich finden. Die Besitzerin der Pension »Lieselotte« war in den besten Jahren, eine blühende, lebenslustige Frau, flott und hübsch. Ihr Mann war Reisender in Sachen Gastro-Arbeitsmaschinen und nur selten daheim.

»Und auch die Frau Bürgermeister ist in den Genuss der Gunst des schönen Clemens gekommen. Das ist kein Gerücht. Die habe ich selbst hinten im Garten miteinander erwischt.«

»Was?« Luise konnte es nicht fassen. Die Bürgermeisterin war nicht nur in ihrem Alter – sie waren gemeinsam zur Schule gegangen –, sondern auch eine ziemliche Schreckschraube, die perfekt zu ihrem Mann passte. Die musste sich einer wohl mit einigen Vierteln schönsaufen.

»War er heuer schon da?«

»Nein, heuer hab ich den noch nicht gesehen. Hab aber gehört, dass er wieder da ist ... öh-hm ... war.«

»Hat er im letzten Jahr mit irgendjemandem Streit gehabt?«

»Hab dir ja gesagt, dass es da öfter haarig wurde. Denn der baggerte auch Frauen an, die mit ihren Männern hier waren. Abgesehen davon liefen scheinbar ein paar undurchsichtige Fäden durch seine Hände. Er war ja Versicherungsmakler und schien da einiges für so manchen getrickst zu haben. Aber zu Raufereien ist es eigentlich nie gekommen. Könnt mich jetzt nicht erinnern. Bei uns jedenfalls nicht.«

»Wenn dir mehr einfällt, dann sagst mirs eh, gell. Ich hab derweil nicht eine einzige brauchbare Spur.«

Die Kellnerin rief nach Albert, und Luise stellte sich für ein Fluchtachterl an die Schank.

Auf dem Nachhauseweg merkte sie, dass sie wohl ein Glas zu viel getrunken hatte. Oder zwei. Der Weg war nicht mehr so gerade wie vorher, als sie ihn in die andere Richtung gegangen war.

9

Sie war noch nicht einmal richtig eingeschlafen, als ihr Handy klingelte. Verdrossen setzte sie sich auf und knipste die Lampe an. Es war ein paar Minuten nach elf.

Die Nummer auf dem Display war ihr unbekannt, und sie überlegte, ob sie überhaupt abheben sollte. Aber nur kurz gab sie sich dieser Koketterie hin, dann meldete sie sich, wenn auch nicht sehr freundlich. Enormer Lärm drang an ihr Ohr, erschrocken hielt sie das Telefon einen halben Meter weg. Zögerlich entschloss sie sich, noch einmal hineinzuhorchen.

»René hier, hören Sie mich? Frau Pimpernell, hören Sie mich?«

Sofort war sie hellwach. »Ja!«, schrie sie jetzt ebenfalls. »Ja, ich höre dich.«

»Der Glatzerte ist da.«

»Wo bist du?«

»Auf der Bigparty im Zelt.«

»Sind die Mädchen bei ihm?«

»Nein, die habe ich nicht gesehen. Aber er ist da.«

»Behalt ihn im Auge, wenn möglich. Wir kommen!«, brüllte sie und sprang aus dem Bett.

Im Anziehen rief sie bei Grümpl an. »Du musst mich abholen, ich hab zu viel getrunken, um selbst zu fahren«, informierte sie ihn. »Oder noch besser, komm mit einem Streifenwagen. Wir kriegen doch dort keinen Parkplatz.«

Nicht viel mehr als eine halbe Stunde später fuhren sie beim Special-Guest-Eingang des Festgeländes vor. Erwartungsgemäß gab es kurze Scharmützel mit den Securities, bevor diese kapierten, dass diese so speziell aussehenden Gestalten auch tatsächlich Special Guests waren.

Im Zelt empfing sie Höllenlärm und die Menschenmassen waren unüberschaubar. Wie sollten sie da den Littler finden? Luise rief ihn noch einmal an, aber er schien sein Telefon nicht zu hören, was sie nicht wirklich wunderte. Wahrscheinlich hatte Holzbauer seines deshalb in der letzten Nacht ausgeschaltet.

Sie drängten sich durch die Massen zur Bühne vor. Plötzlich vibrierte Luises Handy. Sie verstand kein Wort, aber es war René. »Ich geh hinaus und rufe dich zurück«, brüllte sie auf gut Glück hinein.

Einfach war es allerdings nicht, wieder zum Eingang zu gelangen. Es dauerte einige Minuten, bis sie vor dem Zelt angelangt waren. Überraschenderweise wartete da bereits René Littler.

»Er ist da drüben«, zeigte er auf eine der Bars, die auf der Wiese aufgebaut waren.

Als sie näher kamen, sah Luise, wie der bezeichnete Kerl mit seinem Nachbarn verstohlen etwas austauschte. Die Antennen der Ermittlerin schalteten auf hochsensibel. Sie deutete Grümpl mit dem Kopf, und sie bewegten sich von unterschiedlichen Seiten auf den Glatzköpfigen zu.

Luise Pimpernell klopfte ihm auf die Schulter. Für einen Augenblick schaute er sie perplex an. Dann lachte er schallend und machte eine Bemerkung, die sie nicht verstand, aber sicher auch gar nicht verstehen wollte.

Sie hielt ihm ihre Dienstmarke unter die Nase und wollte ihn gerade zur Ausweisleistung auffordern, als ihr der Typ einen

Stoß mit dem Knie in den Unterleib gab und losrannte. Der Schlag war nicht allzu stark gewesen, er hatte Luise nur völlig unerwartet getroffen. Sie taumelte ein wenig und musste sich an der Theke festhalten. Doch Grümpl stand in perfekter Position. Er brauchte nur das Bein auszufahren und schon lag der Mann auf dem Boden.

Die Leute um sie herum schrien, machten aber sofort Platz. Mit ungeahnter Schnelligkeit und Kraft zog der kleine Inspektor den bulligen Kerl auf die Beine und drehte ihm den Arm auf den Rücken.

Die Menge johlte. Das war so nicht zu erwarten gewesen. Aber wer konnte auch wissen, dass die Passion des Roman Grümpl die verschiedensten Nahkampfsportarten waren und er es dabei sogar auf einige Pokale gebracht hatte?

»Was wollen Sie von mir?«, stöhnte der Glatzköpfige. »Ich habe nichts getan.«

»Nach ihrem Auftritt hier müssen wir das jetzt leider auf der Dienststelle klären«, antwortete Luise Pimpernell mit salbungsvollem Lächeln und hörbar falschem Bedauern in der Stimme.

In der Zwischenzeit waren auch die Securities auf den Vorfall aufmerksam geworden und eskortierten die Gruppe nun bis zum Streifenwagen, in dem ein uniformierter Kollege vor dem Eingang nur mehr darauf wartete, den Mann abzutransportieren.

10

»Was werfen Sie mir vor? Weshalb haben Sie mich verhaftet? Das bisschen Koks ist für den Eigenbedarf und das ist nicht strafbar! Und den Mann, der es mir verkauft hat, kenne ich nicht. Die rennen da zu Hunderten um, da bräuchten sie eine Kaserne, wenn Sie die alle verhaften wollen.«

Der Mann, der sich als Kevin Nowak ausgewiesen hatte, starrte böse auf Luise Pimpernell, die ihm gegenüber am Tisch Platz genommen hatte. Grümpl hatte sich umsichtigerweise neben der Tür postiert.

»Ich habe Sie nicht verhaftet, ich habe Sie festgenommen, und zwar nur aus dem Grund, weil Sie auf mich losgegangen sind. Es wird Ihnen als tätlicher Angriff auf eine Amtsperson im Dienst angelastet werden. Hier haben Sie eine Information über Ihre Rechte.« Sie schob ihm einen Zettel zu.

»Das war ein Reflex. Wer hat schon gerne mit der Polizei zu tun, wenn er gerade eingekauft hat.«

Luise schmunzelte in sich hinein. Er hatte wohl geglaubt, gegen sie würde er leicht davonkommen. »An sich wollte ich von Ihnen nur eine Auskunft. Ihr Verhalten wirft allerdings einige Fragen auf, die in unmittelbarem Zusammenhang mit einem Verbrechen stehen könnten. Meine erste Frage lautet deshalb: Kennen Sie diesen Mann?« Sie schob ein Foto von Clemens Holzbauer zu ihm hinüber, das sie von dessen Ausweis kopiert hatten.

Er warf nur einen Blick darauf, sofort stieg Zornesröte in sein Gesicht. »Der Armleuchter. Nein, den kenne ich nicht.«

»Es sieht aber nicht so aus«, konterte Luise.

»Ich kenne ihn nicht und bin auch nicht neugierig darauf, ihn kennenzulernen. Gesehen hab ich ihn. Gestern bei der Buddy-Party. Der Arsch hat sich an meine Freundin rangeschmissen. Und die Tussi war blöd genug und ist mit ihm herumgezogen. Weil er auf Promi machte. Dabei ist er nur unter ferner liefen auf dem Surfbrett rumgekoffert.« In seiner Stimme lag Hohn. »Aber gekauft hab ich von dem nichts!«, fügte er abklärend hinzu.

»Wann haben Sie ihn zuletzt gesehen?«

»Na dort.«

»Im Zelt?«

»Wo sonst?«

»Das frage ich Sie.«

»Im Zelt«, bestätigte er.

»Wie spät war es, als Sie ihn zuletzt gesehen haben?«

»Was weiß ich. Warum?«

»Weil ich Sie danach frage«, wies ihn die Ermittlerin lakonisch auf diesen Umstand hin.

»Ich weiß es nicht. Lassen Sie mich in Ruhe! Meine Personalien haben Sie jetzt. Ich kenne meine Rechte, ich muss gar nichts sagen.«

»Das mag so stimmen. Aber es macht für Sie vielleicht einen Unterschied, wenn Sie unsere Fragen beantworten und gehen können oder wir Sie so lange hier behalten, wie Ihre Rechte das erlauben.«

»Ich weiß ja gar nicht, was Sie von mir wissen wollen.«

»Ich wollte wissen, wann Sie Clemens Holzbauer das letzte Mal gesehen haben.«

»Ist das der Typ? Na, der muss ja ordentlich was ausgefressen haben, der Koffer, wenn Sie so happig auf ihn sind. Wundert mich nicht. Macht auf Sportstyp und ist ein Arschloch ersten Ranges.«

»Also ...«, erinnerte Luise Pimpernell sanft.

Kevin Nowak seufzte tief, dann kramte er sichtbar in seinem Gedächtnis. »Es war auf jeden Fall vor elf. Denn da war der Auftritt der *Murtherpoups* und die habe ich mir angehört. Im großen Zelt.«

»Kann das jemand bestätigen?«

»Das ist wohl nicht Ihr Ernst?«

»Oh doch«, versicherte Luise Pimpernell.

»Wissen Sie, wie viele Leute dort herumrennen?«

Luise wusste es, dennoch wiederholte sie ihre Frage.

»Nein, ich kannte da ein paar Leute vom Sehen, niemanden mit Namen oder so.«

»Gut, lassen wir das erst mal. Ich brauche die Namen der Mädchen.«

»Wieso?«

Diesmal zog die Ermittlerin nur eine Augenbraue hoch.

Er gab die Daten seiner Freundin mit Alina Resnik an und nannte eine Adresse in Wien und Telefonnummer. »Die andere kenne ich nur mit Vornamen: Tatjana.«

»Wo wohnen die Mädchen während des Openings?«

»Na, eigentlich hatten wir miteinander ein Zimmer. Aber sie kamen nicht. Sind wohl bei der Arschgeige geblieben.«

»Hatten sie denn kein Gepäck?«

»Oh ja! Sie haben es heute irgendwann geholt, als ich nicht da war.«

»Wir nehmen jetzt noch Ihre Fingerabdrücke, dann können Sie gehen.«

»Meine Fingerabdrücke? Sind Sie verrückt? Wofür?«

»Clemens Holzbauer ist tot und er starb keines natürlichen Todes«, informierte ihn die Pimpernell.

»Tot? Ja und? Was habe ich damit zu tun?«

»Ich weiß nicht, ob Sie etwas damit zu tun haben, das will ich ja herausfinden. Tatsache ist, dass Sie ein Motiv hätten und Ihre Art, sich zu verteidigen, sehr gut ins Tatbild passt.«

»Meine Art mich zu verteidigen?«, stammelte der Mann verständnislos.

»Holzbauer bekam vor seinem Tod einen Tritt in die Eier«, eröffnete sie ihm trocken.

Nowak starrte sie belämmert an. »Aber … aber … «, stotterte er. »Jana kann Ihnen bestätigen, dass ich den Vogel nicht angerührt habe. Sie ist mit mir aus dem Zelt raus, und ich bin zu den *Murtherpoups* rüber.«

»Wenn Sie nichts damit zu tun haben, kann es Ihnen ja auch egal sein, dass wir Ihre Fingerabdrücke mit denen am Tatort vergleichen werden.«

»Es ist mir aber nicht egal«, brüllte er los. »Ich bin nicht interessiert daran, mich in Ihrer Kartei zu finden.«

»Regen Sie sich nicht auf, wenn Sie wirklich nichts damit zu tun haben, werden ihre Daten selbstverständlich nicht archiviert.«

»Sagt wer?«, schrie er weiter.

»Sage ich«, antwortete sie ruhig.

»Und was genau kann ich mir davon kaufen?«

»Hören Sie, wie ich Ihnen schon sagte, Sie können hier auch auf Rechtsbeistand warten. Der wird Ihnen jedoch nichts anderes sagen. Ich kann Sie allerdings als Verdächtigen einstufen, das gibt mir das Recht, Sie einige Zeit hier zu behalten, und Sie kommen trotzdem um das Abgeben der Fingerabdrücke nicht herum, ob Sie wollen oder nicht. Oder ich kann Sie jetzt gehen lassen. Aber dafür müssen Sie freiwillig mitmachen.«

Er wackelte mit dem Kopf, biss sich auf die Lippen und starrte böse von der Pimpernell zu Grümpl und wieder zurück. Dann seufzte er und nickte. »Dieses Arschloch ...«, zischte er noch. Und das kam aus tiefstem Herzen.

11

Wieder war die Nacht beinahe um und Oberst Pimpernell hatte nicht viel Schlaf gehabt. Sie gähnte herzhaft, dann rief sie in Wien beim Journaldienst der Abteilung Feuerkopf an und erfuhr zu ihrer Freude, dass Lukas Rosenwarter Bürobereitschaft hatte. Es dauerte einige Zeit, bis er ans Telefon kam. Er hatte vermutlich ein Schläfchen gehalten, und sie vergnügte sich an der bildlichen Vorstellung, dass er wahrscheinlich mit rosigen Wangen und zerstrubbeltem Haar am anderen Ende der Leitung saß.

»Wie lange haben Sie noch Dienst?«, fragte sie nach einer Begrüßung, in der ihr Schmunzeln hörbar gewesen war.

»Nach der Nachtbereitschaft mach ich Tagdienst«, gab er Auskunft.

»Das trifft sich gut«, freute sie sich.

Er bekam den Auftrag, am Morgen zu versuchen, Alina Resnik und ihre Freundin Tatjana ins Büro zu bringen. Erst wenn die Mädels dort befragt werden konnten, würde sie zur Vernehmung nach Wien fahren.

»Ich gehe jetzt schlafen, nehme aber natürlich mein Handy mit. Bitte rufen Sie mich erst an, wenn Sie mit den Mädchen unterwegs sind. Ich hab zwei nahezu schlaflose Nächte hinter mir.«

»Ey, ey, Sir«, antwortete er launig.

»Waren Sie schon bei den Nachbarn?«, fragte sie noch.

»Ja, ich habe allerdings nur zwei angetroffen und von denen, wie erwartet, nichts erfahren. Die kannten Holzbauer nicht einmal richtig vom Sehen, geschweige denn, dass sie jemals ein Wort mit ihm gewechselt hätten.«

Luise schüttelte den Kopf. Seltsam musste das sein, in so einem Haus zu wohnen. Tür an Tür und doch niemanden zu kennen. Sie hatte es sich nie vorstellen können, in der Stadt zu leben. Es hatte ihr schon gereicht, als sie während des Studiums so viel dort sein musste. Dabei drängten zu ihrer Jugendzeit alle ihre Freunde in die Stadt. Sie seufzte.

»Gehen Sie schlafen, Chefin«, riet Rosenwarter, und Luise amüsierte sich bei dem Gedanken, was wohl Feuerfuchs zu dieser Anrede sagen würde.

»Mach ich. Wir sehen uns dann morgen«, zwitscherte sie.

»Heute«, verbesserte er lachend.

»Auf jeden Fall nur mehr einmal schlafen«, spaßte sie zurück.

12

Als sie erwachte, war es beinahe zehn Uhr. Sie rief Rosenwarter an, ehe sie noch ins Bad ging, und musste erfahren, dass er Alina Resnik nicht in ihrer Wohnung angetroffen hatte. Und an ihrem Handy hob sie nicht ab. Ihre Verwandten hatte er bereits ausfindig gemacht, wollte sie aber erst aufscheuchen, wie er sagte, wenn es unbedingt notwendig wäre.

Wieder war Luise glücklich, dass sie diesen umsichtigen, jungen Kollegen in Wien vor Ort hatte und sie sich nicht mit Feuerfuchs herumstreiten musste, weil der immer versuchte, eigene Ideen einzubringen, die ihr schon so manches Mal in die Quere gelaufen waren.

»Behalten Sie bitte die Wohnung im Auge. Der Verdacht liegt nahe, dass die Mädchen mit dem Tod Holzbauers in Verbindung stehen. Sie haben jedoch absolut Recht, wir wollen die Pferdchen nicht scheu machen. Ich denke, dass sie sich in großer Sicherheit wiegen. Es ist wirklich ein unglaublicher Zufall, dass wir sie ausfindig gemacht haben. Außerdem bitte ich Sie, wenn Sie die Damen finden, ihnen nicht zu sagen, dass Holzbauer tot ist, sondern dass wir sie für eine Befragung im Zusammenhang mit ihm benötigen.«

»Gibt es denn noch andere Spuren?«, fragte er.

»Spuren nicht. Doch ich weigere mich, womöglich etwas außer Acht zu lassen, weil alles so naheliegend scheint. Und mein Gefühl sagt keineswegs okay, auch wenn ich nicht erklären kann, weshalb.«

Rosenwarter erinnerte sich an die Unterweisung in den

Fall durch seinen Chef, als dieser ihn vor der Intuition der burgenländischen Miss Marple, wie er sie spöttisch genannt hatte, gewarnt hatte. Ihm allerdings imponierte es, dass Luise Pimpernell ihren Zweifeln Raum gab, auch wenn sie nur ganz kleine Schatten warfen.

Ihr nächstes Telefonat galt Grümpl, den sie von ihrem Gespräch mit dem Wiener Kollegen und ihren Anordnungen informierte. »Du kannst derweil zu Hause bleiben, wenn sich nichts ergibt. Ich nehm mir jetzt die beiden Liebhaberinnen vor. Die Lotte und unsere allseits geschätzte Frau Bürgermeister.«

»Du glaubst nicht, dass die etwas damit zu tun haben, oder?«

»Ich weiß selbst nicht, was ich glaube. Ich möchte jedenfalls nichts übersehen. Ein besseres Bild von dem Holzbauer kann nicht schaden.«

Luise sah nicht, wie breit Grümpl grinste. Er konnte sich gut vorstellen, dass es seiner Chefin ein etwas unheiliges Vergnügen bereitete, ihrer ehemaligen Schulkollegin, der Bürgermeisterin, ein bisschen auf die Zehen zu steigen.

Als Erstes fuhr sie in die Pension »Lieselotte«. Die Bürgermeisterin war nach dem Kirchgang sicher noch nicht zu Hause, und in der Pension sollte die Frühstücksarbeit jetzt schon vorbei sein.

Als Lotte die Tür öffnete, funkelte ihr Blick spöttisch, sie trat sofort zurück und ließ Luise eintreten.

»Du bist nicht überrascht, dass ich da bin?«, fragte diese erstaunt.

»Ja und nein. Ich habe eigentlich nicht damit gerechnet, dass der Tratsch bis zu dir gelangt. Als ich dich jetzt gesehen hab, war mir hingegen sofort klar, weshalb du kommst.«

Lieselotte Burger war in Luises Augen eine attraktive Frau, und es gab nicht viele, deren Attraktivität sie überhaupt wahrnahm. Mitte vierzig, mittelgroß und nicht superschlank, mit tadelloser Figur, halblangen, blonden Haaren und leuchtenden braunen Augen, die ihr Strahlen goldgelben Pünktchen verdankten, die man nur bei genauem Hinsehen erkannte. Sie hatte wunderschöne Zähne und zeigte sie gern bei einem fröhlichen Lachen. Gepflegt und frisch sah sie aus, aber dennoch nicht zurechtgemacht. Meistens lief sie in engen Jeans herum, und ihr Po kam darin ausnehmend gut zur Geltung. Heute trug sie dazu ein frühlingsgrünes T-Shirt und eine Kette aus farblich darauf abgestimmten Glasperlen und bot einen Anblick, von dem sich Luise gut vorstellen konnte, dass er einigen im Ort ein Dorn im Auge war. Vornehmlich den Frauen.

Die Pensionsinhaberin führte ihren Gast in den Frühstücksraum, wo sie gerade beim Abräumen war. »Du trinkst sicher einen Kaffee?«, stellte sie eher fest, als sie fragte und war schon auf dem Weg, ein Häferl zu holen. Und während Luise den ersten Schluck nahm, sprach sie schon weiter: »Du willst was über Clemens wissen?« Es schien ihre Art zu sein, in ihren Fragen die Antworten gleich vorwegzunehmen, und Luise wackelte zustimmend mit dem Kopf.

»Ich werde dir nicht viel erzählen können. Wir hatten voriges Jahr ein paar äh ... Zusammenkünfte, darüber hinaus kenne ich ihn kaum.«

»Wie lang ging euer Verhältnis? Und kann es sein, dass dein Mann davon erfahren hat?«

»Nein, du verstehst da etwas falsch. Wir hatten kein Verhältnis, nur hin und wieder ... äh ... Schiffe, die sich nachts begegnen, sozusagen.«

Die Vorstellung, dass sich in ihres Bruders Heurigenlokal Schiffe begegneten, entlockte Luise ein Grinsen.

»Wenn Sepp etwas erfahren hat, dann interessierte es ihn sicher nicht weiter. Er ist fast nur unterwegs und ist er ausnahmsweise mal zu Hause, hat er es gerne gemütlich und ruhig. Da möchte er keine Diskussionen. Nicht, dass du glaubst, unsere Ehe ist nicht gut, aber es hat sich halt in all diesen Jahren auf diese Art eingespielt.«

»Hast du ... begegnest du noch anderen Schiffen«?

Jetzt grinste Lotte. »Ach Luise, was sind das denn für Fragen. Das geht dich doch nichts an.«

»Na ja, vielleicht ist da einer auf den Holzbauer nicht gut zu sprechen gewesen.«

Das entlockte der Frau ihr allzeit bereites Lachen. »Ein Eifersuchtsmord, in dessen Mittelpunkt ich stehe? Wo sich meine Liebhaber Kämpfe liefern? Das ist doch nicht dein Ernst.«

»Ausschließen kann ich derzeit leider gar nichts.«

»Ich bin keine Femme fatale, auch wenn das einige gerne behaupten, nur halt keine Kostverächterin. Doch liegt mir mehr an Qualität, als an Quantität. Und der gute Clemens hatte zwar sonst nicht viel zu bieten, aber in dieser Hinsicht einiges.«

»Das beantwortet meine Frage nicht.«

Lotte seufzte. »Was ich damit ausdrücken wollte, war, dass ich neben ihm nichts anderes suchte.«

»Also doch ein Verhältnis?«, ließ Luise nicht locker.

»Nein, aber ich sagte ja, ich bin kein Vamp und ich bin kein vertrockneter Frustbolzen. Wenn wir einander hin und wieder trafen, dann war das ein bisschen Streusel auf meinem Alltagskuchen.«

»Wie und wann ging es zu Ende?«

»Im Prinzip gar nicht, denn es gab nichts zu beenden. Er fuhr am Ende der Saison nach Wien, und das wars.«

»Und heuer?«

»Heuer hat ihn ein grausames Schicksal von mir gerissen.« Lotte lachte wieder.

»Hattest du ihn schon getroffen?«

»Nein. Ich wusste gar nicht, dass er da ist. Obwohl ich vermutete, dass er zum Opening kommen würde.«

»Was weißt du von anderen Frauen?«

Wieder lachte die Pensionsbesitzerin. »Du, *ich* kümmere mich nicht um Tratsch. Ich hoffe doch, du verdächtigst nicht womöglich mich?«, schloss sie in ihrer eigentümlichen Art halb fragend, halb feststellend.

Die Pimpernell warf ihr einen schmunzelnden Blick zu und zuckte mit den Achseln. »Ausschließen kann ich derzeit gar nichts. Sehr betroffen macht dich sein Tod offensichtlich nicht.«

»Nicht mehr, als wenn man so eine Nachricht in der Zeitung liest. Natürlich ist es unfassbar, dass so etwas bei uns passiert. Aber er stand mir wirklich nicht nahe. Wir hatten keinerlei Gemeinsamkeiten.«

»No ja, so ganz keinerlei ...«

»Luise, ich weiß, dass du kein Moralapostel bist, darum war ich auch so offen. Clemens hatte nicht einen Deka Hirn im Kopf, aber erstaunliche Qualitäten in seinen südlichen Regionen. Genau dadurch war er für mich so herrlich unkompliziert. Selbstverständlich finde ich es schrecklich, dass ein Mensch auf diese Art den Tod findet. Doch Trauer um ihn werde ich dir nicht vorheucheln.«

»Verstehe. Sag mir bitte trotzdem, was du in der Nacht von Freitag auf Samstag gegen Mitternacht gemacht hast.«

Lottes lächelnde Augen verloren ein wenig von ihrem Strahlen. Ihr Mund verkniff sich spöttisch und sie schüttelte leicht den Kopf. »Ich war bei Gitta. Ich schätze mal so bis ein Uhr. Aber wirklich auf die Uhr habe ich nicht gesehen.«

»Warst du zu Fuß unterwegs?«

»Ja, wir trinken ja immer ein bissl was.«

»Und da hast du nichts von dem Wirbel im Hause Ludwieg gemerkt? Immerhin wohnt Gitta ja nur ein paar Häuser weiter.«

»Nein. Sag nicht, dass um diese Zeit der Mörder dort herumgeschlichen ist.«

»Oder die Mörderin«, antwortete die Pimpernell mit vieldeutigem Grinsen.

Lotte war das ihre für den Augenblick allerdings vergangen.

»Wobei ich mich schon korrigieren muss. Ich glaube nicht, dass es sich um Mord handelt. Sondern eher um einen Unfall mit Fremdverschulden.«

Doch die Pensionsbesitzerin fand noch immer nicht zu ihrem Strahlen zurück.

»Und du hast auch niemanden aus dem Haus kommen sehen? Ein oder zwei Mädchen vielleicht?«

In Lieselotte Burgers Augen blinkte ein kleines Licht. »Nein.«

»Aber das Auto deines Nachtschiffes musst du eigentlich dort gesehen haben. Das stand genau vor der Tür«, hielt ihr Luise vor, eingedenk dessen, dass ihre Gesprächspartnerin zu Beginn der Unterhaltung gesagt hatte, dass sie nicht wusste, dass Holzbauer wieder in Schilfern war, es nur vermutete.

»Darauf habe ich nicht geachtet. Es hat mich ja auch nicht unbedingt interessiert. Ich habe mich eher darauf konzentriert, wie ich nach Hause kam. Wenn du verstehst, was ich meine.« Sie zwinkerte, nun wieder mit funkelndem Blick.

Luise verstand. Doch sie war nicht ganz sicher, ob Lotte klar war, was sie ihr so freimütig erzählt hatte. Nämlich, dass sie kein Alibi, aber offensichtlich die beste Ausgangsposition für einen unangemeldeten Besuch bei ihrem Liebhaber hatte.

13

Nun musste die Bürgermeisterin wohl schon zu Hause sein. Der hohe Gemahl würde bestimmt einen Sonntagsbraten erwarten, wenn er schwankenden Schritts vom Frühschoppen beim Jagawirt nach Hause kam. Die Gelegenheit war also günstig, Josefa Weisz allein zu erwischen. Aus zweierlei Gründen. Erstens weil sie vielleicht auskunftsfreudiger zu dem heiklen Thema wäre, und zweitens weil Luise dadurch dem Gequengel des Bürgermeisters entgehen konnte.

Die Begrüßung fiel um einiges kühler aus als die von Lotte. »Was willst du? Rudi ist nicht da«, herrschte die Frau Luise statt einer Begrüßung an und blieb in der Tür stehen.

»Ich hab ein paar Fragen an dich.«

»Mach schnell, ich bin beim Kochen.« Josefa bewegte sich keinen Millimeter.

»Ich glaube, es ist besser, wenn wir hineingehen«, schlug Luise sanft vor.

Die Gemahlin des Bürgermeisters stieß einen unfreundlichen Seufzer aus und stapfte dann mit einem ähnlichen Dragonerschritt wie Luise vor ihr her in die Küche.

Sie war eine kleine vierschrötige Person, die trotz Übergewicht nicht mollig weich wirkte, sondern eher bullig. Zusätzlich unterstrichen wurde dieser Eindruck von der strengen Frisur ihres kurzen, dunkel gefärbten Haares. Die fast schwarzen eng beieinanderliegenden Knopfaugen, wie die kleine schiefe Nase über einer viel zu kurzen Oberlippe, gaben ihrem Aussehen etwas von einem Mops. Spitze Zungen nannten sie jedoch hinter ihrem Rücken Bulldogge, was ebenfalls gut passte, schon weil sie einigermaßen bissig in der Welt stand.

Luise stiegen Zweifel auf. Hatte sich Albert nicht vielleicht doch geirrt? Der fesche Schnuckel sollte auf diese Schrapnelle auch nur ein halbes Auge geworfen haben?

Erwartungsgemäß briet im Rohr ein Schweinsbraten, und die Frau war gerade dabei gewesen, einen riesigen Serviettenknödel zuzubereiten, an den sie nun sofort zurückkehrte. Einen Platz bot sie ihrer alten Schulkollegin nicht an.

Luise stieß sich nicht daran und setzte sich einfach an den Küchentisch. »Du kennst Clemens Holzbauer?«, eröffnete sie ohne Umschweife ihre Befragung.

»Nein, wer soll das sein?«

»Das ist der junge Mann, mit dem du dich voriges Jahr in Alberts Garten vergnügt hast.«

Josefa fuhr in die Höhe, ihre Hände blieben über dem Weidling mit dem Knödelbrot in der Luft stehen. »Bist du bei Trost? Was ist das für ein Blödsinn? Wer sagt denn so was?«

Diese Antwort machte Luise wieder sicher. Dabei schien die Reaktion der Bürgermeisterin ganz normal. Jeder würde genau so reagieren, wenn man ihn fälschlich beschuldigte. Nicht so Josefa Weisz. Die hätte sie an diesem Punkt wahrscheinlich sofort aus dem Haus geworfen. Das wars!

»Du wurdest gesehen. Das muss reichen.«

Josefa begann wieder in der Schüssel herumzukneten und sagte kein Wort.

»Hattest du ein Verhältnis mit ihm?«, stichelte Luise weiter.

»Du hast echt einen Klopfer!«, stieß die Frau heraus. Dann kam sie zum Tisch und setzte sich ebenfalls. Ihre Hände waren voll Knödelmasse, sie verschränkte sie vor sich auf der Tischplatte, achtete jedoch gar nicht darauf, dass sie alles beschmutzte.

»Ich erzähls dir. Aber es muss unter uns bleiben.«

Wie es typisch für sie war, fragte sie nicht, sondern setzte einfach voraus, dass Luise sich daran halten würde, wenn sie es so bestimmte.

»Da war doch nichts! Das war eine besoffene Geschichte. Ein bissl Geschmuse halt.«

Dass Clemens Holzbauer besoffen gewesen sein musste, schien klar, aber die Bürgermeisterin? Die hatte Luise noch nie angetrunken erlebt.

»Ich sage dir, der war ein gleißender Armleuchter. Mich wundert nicht, dass dem einer das Genick umgedreht hat.«

Luise wurde aufmerksam. »Meinst du die Weibergeschichten?«

Die Frau schüttelte den Kopf, auf die Art, als würde sie einen Gedanken abschütteln wollen. »Das war doch mir egal. Ich wollte ja nichts von ihm.«

»Aber er von dir?« Luise bekam keine Antwort. Josefa wippte lediglich mit dem Oberkörper vor und zurück, und man sah ihrem Mund deutlich an, dass sie damit kämpfte, was sie sagen sollte. Er schloss und öffnete sich unaufhörlich.

»Von Rudi!«, rief Luise plötzlich. »Er wollte gar nichts von dir. Er wollte etwas von Rudi, oder?«

Es dauerte einige Zeit, bis Josefa darauf reagierte. In ihrem Gesicht arbeitete es, ihre Hände krampften auf und zu und bröckelten weiteres Knödelbrot auf die Tischplatte. »Die Versicherung der Freiwilligen Feuerwehr sollte gerade verlängert werden. Da war ein Wechsel möglich und ...«, stieß sie dann hervor und starrte an Luise vorbei beim Fenster hinaus.

»Warum hat er sich das nicht selber mit ihm ausgemacht? Sie waren ja offenbar ganz gut miteinander.« Wenn einer ordentlich was abtrank, der war sicher ein Freund des Bürgermeisters.

»Hat er ja. Aber Rudi wollte ...«

»Rudi wollte selber Provision kassieren«, vollendete die Pimpernell den abgebrochenen Satz.

»Na, nicht nur die Provision sollte für ihn rausspringen«, korrigierte seine Frau. »Aber der Holzbauer sagte, dann bliebe für ihn selbst ja nichts mehr, sie stritten schon ein paar Tage herum damals.«

»Und was hattest du damit zu tun?«

Josefa verzog den Mund zur Seite. »Er hat wohl vermutet, ich könnte dem Rudi was dreinreden. Er hat mich da hinten abgepasst und sich an mich gedrängt. Aber es war nichts! Das musst du mir glauben.«

Luise verkniff sich die Frage, was denn die Frau mitten in der Nacht im rückwärtigen Teil des Gartens zu suchen hatte. Außerdem stieg ein Zweifel in ihr hoch. »Wegen ein bissl Herumschmusen solltest du deinen Mann überzeugen? Der muss schon ordentlich von sich eingenommen gewesen sein.«

»War er auch, aber das war es gar nicht.«

»Was dann?«

Josefa Weisz gab keine Antwort, sie sah wieder auf ihre Hände und begann, die letzten Bröckchen des Knödelbrots von ihren Fingern zu klauben.

»Hat er dich erpresst?«, folgte Luise einer Intuition.

Josefa nickte nur.

»So was gibt es ja nicht!«, rief die Pimpernell und klatschte mit der Hand auf ihren Schenkel. »Erst bedrängt er dich, und dann droht er damit, es publik zu machen?«

»Ich hab doch gesagt, dass er ein Arschloch ersten Ranges war.«

»Ich verstehe das nicht. Was wär dabei gewesen, wenn deinem Mann ein bissl Gerede zu Ohren gekommen wär? Wer glaubt schon dem blöden Gebrabbel eines Besoffenen?« Luise hatte es doch selbst nicht glauben können, obwohl Albert ein zuverlässiger Informant war. Es hätte der Bürgermeisterin höchstens ein wenig zur Ehre gereicht. »Und wenn er es dem Rudi von Mann zu Mann gesteckt hätte und du es geleugnet hättest, wäre es noch immer Aussage gegen Aussage gestanden. Es hätte also höchstens einen kleinen Familienzwist gegeben, aber keine Grundlage für eine Erpressung.«

»Er sagte, er würde es publik machen. Ich wär dann im Ort unten durch. Und für Rudi hätte das auch höchst unangenehm werden können. Es war ja vor der Wahl.«

»Was gab es denn groß zum Publikmachen? Ich sag doch, es hätte ihm doch niemand geglaubt.«

»Er hat den Littler-Buben dazubestellt«, presste Josefa heraus.

»Waaas?«

»Hat es dir denn nicht der René erzählt?«, fragte die Frau überrascht.

»Nein!«

Die Bürgermeisterin wurde noch blasser, als sie schon in den letzten Minuten geworden war.

»Vergiss das!«, forderte Luise sie auf. »Von der Seite sickert nichts aus. Und René hat offensichtlich auch keine Ambition dafür, er hat kein Wort gesagt. Mich interessiert viel mehr, wie die Geschichte weitergegangen ist.«

»Gar nicht. Rudi hat die Versicherung abgeschlossen, zu welchen Bedingungen weiß ich nicht. Ich hab nichts dazugetan. Hätte ich gar nicht können. Ich hab bis heute nichts mehr von der Sache gehört. Das heißt bis gestern, denn natürlich hat mir Rudi von Holzbauers Tod erzählt.«

Luise stand auf. Die ehemalige Schulkollegin tat ihr jetzt beinahe leid. Sich in einer derart blöden Situation zu finden und dann noch draufkommen zu müssen, dass man nur benutzt wurde. Und ihr bestätigte sich dadurch erneut, der Holzbauer musste wirklich ein ganz besonderer Gesäßbetrachter gewesen sein. Dennoch musste sie die Frage stellen: »Wo warst du in der Nacht von Freitag auf Samstag in der Zeit von dreiundzwanzig Uhr dreißig und ein Uhr?«

Da wurde die Bürgermeisterin wieder die alte. »Du hast wohl einen Klopfer!«, schrie sie.

»Nein«, antwortete Luise trocken. »Aber du ein Motiv!«

»Raus!« Josefas Stimme überschlug sich bei dieser Aufforderung.

Doch Luise wiederholte ihre Frage mit steinerner Miene. »Ich war zu Hause in meinem Bett, wo sonst.«

Luise hakte nun nicht mehr nach und forderte auch keine Auskunft, ob jemand bei ihr gewesen war. Es war höchst unwahrscheinlich, da der Bürgermeister im Jagdverein saß, Clemens Holzbauer am anderen Ende von Schilfern tot auf dem Boden lag und weitere tapfere Männer, die es gewagt hätten, sich der Bulldogge auf diese Art zu nähern, im Ort nicht bekannt waren. Viel wahrscheinlicher war, dass ihr Josefa dann noch den Weidling aufsetzte.

Nachdenklich ging Luise Pimpernell zu ihrem Auto. Lag da etwa ein Motiv verborgen? Wenn auch nicht direkt in dieser Geschichte mit Josefa. Was sie erzählt hatte, war ihr sicher nicht leicht gefallen und wirkte deshalb sehr glaubwürdig. Verletzte Eitelkeit und Scham konnten schon starke Beweggründe sein, aber gar so schlimm waren die möglichen Konsequenzen für sie nun auch wieder nicht, dass sich die Frau mitten in der Nacht in die Ferienwohnung der Ludwiegs schleichen sollte, um dort einen Streit mit Todesfolge vom Zaun zu brechen.

Doch vielleicht hatte Clemens Holzbauer mit dem Bürgermeister noch andere Scharmützel gehabt. Die Nebengeschäfte des Ortsvorstehers waren ein offenes Geheimnis. Mit einer starken Lobby im Rücken und in Ermangelung einer attraktiven Opposition wurde er dennoch immer wieder gewählt.

Möglicherweise hatte Holzbauer ja auch den Bürgermeister erpresst. Sie sollte den Lois befragen, wann Rudi Weisz beim Jägertreffen war. Bisher gab es nur seine eigene Aussage, er habe um eins auf die Uhr geschaut. Das musste ja nicht stimmen.

Bevor sie losfuhr, rief sie in Wien an. Doch Rosenwarter lauerte weiterhin auf Alina Resnik, sie war bis jetzt nicht nach Hause gekommen.

»Warten wir noch ein bisschen, ehe wir bei der Familie aufkreuzen«, entschied sie aus dem Bauch.

14

Sie fuhr nach Hause, um sich endlich an ihrem Krautstrudel gütlich zu tun, der schon seit zwei Tagen darauf wartete, aufgewärmt genossen, statt auf die Schnelle kalt hineingestopft zu werden.

Luise kochte gerne, wenn sie dafür Zeit fand. Selbstverständlich am liebsten burgenländische Hausmannskost. Der Krautstrudel war eine ihrer Spezialitäten und mindestens einmal im Monat dran.

Gerade hatte sie sich gemütlich hingesetzt, als das Telefon läutete. Es war Grümpl. »Wir holen dich in fünf Minuten ab, die Mädchen wurden gesichtet.«

Luise vergaß ihre Gelüste, hängte sich ihre Tasche um, setzte den Hut auf und wartete vor dem Haus auf den Wagen, damit sie keine Zeit verloren.

»Simone hat angerufen«, berichtete der Inspektor, als sie einstieg.

»Simone?«

»Ja, ich habe gestern mit ihr telefoniert, um Renés Alibi abzuklären und bei der Gelegenheit nach den Mädchen gefragt.«

»Und sie kennt sie?«

»Nein, aber sie hat sie jetzt am Strand gesehen. Sie hat mich angerufen und gefragt, ob wir sie noch suchen.«

»So von ganz allein?«

»Ja, sie hat offensichtlich mitgedacht.«

»Kein Wunder, dass sie den René abblitzen lässt, wenn die ihr Hirn zum Denken benutzt.«

Vor der Kassa des Strandbadgeländes stand eine hochgewachsene junge Frau mit langen dunkelbraunen Haaren in einem Minikleid, das sogar Grümpl zwei Finger unter den Hemdkragen schieben ließ. Sie wiederum ließ ihren Blick, wie so viele ihrer Vorgänger, ungläubig zwischen den beiden Ermittlern hin und hergehen, die in Begleitung zweier Uniformierter auf sie zutraten.

»Da hinten.« Simone deutete hinter die Veranstaltungszelte. »Die liegen da und schlafen. Zuerst wollte ich sie aufwecken und ihnen sagen, dass sie sich bei Ihnen melden sollen, aber dann dachte ich, dass es besser sei, wenn ich Sie anrufe.«

»Ja, das war das absolut Richtige«, lobte die Pimpernell.

Es waren nur wenige Schritte, bis Simone neben einem Baum stehen blieb, unter dem zwei Mädchen auf einer Decke lagen und schliefen. Ihre Köpfe hatten sie auf Rucksäcke gebettet.

»Geh etwas zurück«, bat Luise Simone. »Hinter die Beamten, bitte.«

Sie trat zu den Schlafenden und fasste die Blonde sanft am Arm. Grümpl versuchte sein Glück bei der anderen. Blinzelnd setzte sich Alina Resnik auf und starrte zuerst verwirrt auf die kleine Gruppe, anschließend zu ihrer ebenfalls gerade erwachenden Freundin.

»Alina Resnik?«, fragte Grümpl mit seiner respektgebietenden Stimme und hielt der Blonden seinen Ausweis unter die Nase.

Das Mädchen nickte.

»Ich muss Sie bitten, mit uns zu kommen«, mischte sich Luise Pimpernell ein.

»Wieso?«, fragte Alina verblüfft.

»Wir haben ein paar Fragen zu Clemens Holzbauer an Sie.«

»Wer?« Ihr Blick ging ratlos zu ihrer Freundin. Die schüttelte ebenso ratlos den Kopf. Dann schien ihr eine Ahnung aufzusteigen.

»Clemens ...« Wieder schaute sie zu Tatjana. »Hieß der Typ von gestern nicht Clemens?«

Nun hatte die Brünette ein Aha-Erlebnis. »Genau! Was ist mit ihm?«

»Er ist tot«, informierte Luise die Mädchen und behielt sie scharf im Auge.

Alina starrte Luise an, als hätte sie nicht verstanden. Durch Tatjana ging ein Ruck. Schnell sah sie zu Boden. Doch Luise glaubte, in ihrem Gesicht einen Anflug von Genugtuung erspäht zu haben.

»Tot!«, wisperte das blonde Mädchen. »Wieso tot?«

»Ein Unglücksfall, über den wir uns mit Ihnen unterhalten müssen. Deshalb bitte ich Sie, mit uns zu kommen.«

Die Nachricht hatte die beiden Mädchen in unterschiedlichem Maß verstört, man sah es ihnen an, als sie aufstanden, ihre Sachen zusammenpackten und widerstandslos mitkamen.

15

»Mit welcher beginnen wir?«, fragte Grümpl auf dem Revier.

»Mit Alina. Die Kollegen können sich einstweilen um die andere kümmern, alle Daten abgleichen und so weiter.«

Im Besprechungszimmer stellte Luise als Erstes einige Fragen zur Person. Alina Resnik war vierundzwanzig Jahre alt, unverheiratet und arbeitete in Wien in einem Ziviltechnikerbüro. Dann zeigte sie der jungen Frau das Foto.

»Ja, das ist Clemens«, bestätigte sie.

»Bitte schildern Sie uns Ihre Begegnung mit ihm«, bat Luise Pimpernell.

»Was ist denn passiert?«, fragte das Mädchen stattdessen.

»Ich ersuche Sie, mir von Ihrem Zusammentreffen mit Clemens Holzbauer am vergangenen Freitag zu berichten«, wiederholte die Beamtin.

»Aber wieso ist er tot?« Die Stimme des Mädchens wurde hoch und schrill.

»Er ist verunglückt«, antwortete Luise knapp und erinnerte: »Bitte beantworten Sie meine Fragen.«

»Wir haben ihn am Nachmittag bei den Bewerben gesehen und dann am Abend bei der Buddy-Party getroffen.«

»Kannten Sie ihn vorher schon?«

»Nein. Wir haben ihn erst dort kennengelernt. Jana ist total auf ihn abgefahren.«

»Jana? Nicht Sie?«

»Nein. Mir hat er auch gut gefallen, er sah wirklich super aus. Doch Jana war hin und weg. Als wir ihn dann auf der Buddy-Party gefunden haben, war sie megahappy.«

»Und Holzbauer?«

»Er ist sofort angesprungen.«

»Wie ging es weiter?«

»Wir haben uns ganz gut amüsiert. Bis Kevin kam. Kevin ist mein Freund. Er ist so furchtbar eifersüchtig. Er stänkerte Clemens an, aber Jana hat ihn wegbugsiert. Dann sind wir von der Party weg und nach Schilfern in Clemens' Fewo gefahren. Dort haben wir ein wenig Wein getrunken, und er hat mit Jana herumgemacht. Ich bin auf der Couch eingeschlafen.«

»Sie sind eingeschlafen?«, fragte Grümpl irritiert.

»Ja, ich ... ich ... hatte ein bisschen zu viel Alkohol. Kevin und ich hatten am Nachmittag gestritten. Sie verstehen?« Das Mädchen verzog Verständnis heischend das Gesicht.

»Ich frage Sie dezidiert: Hatten Sie Geschlechtsverkehr mit Clemens Holzbauer?«, wurde Luise deutlich.

»Nein! Ich doch nicht. Jana. Aber sie war ziemlich frustriert. Er hat sie gleich danach aus dem Bett geworfen. Sie hat mich aufgeweckt und vor Wut geschäumt. Wir mussten uns dann für die Rückfahrt ein Taxi nehmen.«

»Sie haben miteinander die Wohnung verlassen, und Clemens Holzbauer lebte zu diesem Zeitpunkt?«

»Ja natürlich! Jana hat wüste Schimpfkanonaden auf ihn losgelassen. Sogar noch Im Hof. Doch der Typ stand einfach nackt in der Tür und lachte. Und sie schrie und schrie. Ich versuchte, sie zu beruhigen. Es war so peinlich. Da waren ja Leute in dem Haus. Es brannte Licht im vorderen Teil. Im Taxi wütete sie immer weiter. Ich hab sie nie zuvor so erlebt.«

Luise Pimpernell deutete Grümpl mit dem Kopf.

»Sie entschuldigen uns bitte«, sagte sie zu der jungen Frau und stand auf.

»Äh! Bitte!«, hielt das Mädchen sie zurück. »Haben Sie vielleicht mein Handy gefunden? Ich habe es verloren. Jana ist beinahe ausgezuckt, als ich sagte, ich wolle nach dem Typ suchen, um ihn zu fragen, ob ich es in seiner Wohnung verloren habe, auf der Couch oder so.«

Darum hatte sie also nicht abgehoben. Manchmal gab es wirklich äußerst blöde Verkettungen von Umständen.

»Nein, tut mir leid. Das müssen Sie woanders verloren haben.«

»Aha. Es war gar nicht Alina. Du dachtest auch, *dass* sie mit ihm ... gell?«, fragte die Pimpernell draußen.

Grümpl nickte.

»Warum eigentlich? Wie sind wir darauf gekommen? Jetzt erscheint es so logisch, wie es abgelaufen ist. Ich hasse es, wenn ich draufkomme, dass ich einer vorgefassten Meinung aufgesessen bin!«

»Das kam bestimmt daher, weil René erzählt hat, dass sie sich an den Hals von Holzbauer gehängt hatte. Abgesehen davon, haben wir wohl hintergründig angenommen, dass er mit beiden was hatte, wenn sie da zu dritt abgerauscht sind. Vor allem in Verbindung mit dem, was wir schon über ihn gehört hatten. Dass die so angesoffen war, dass sie einfach weggeschlafen ist, wer hätte darauf kommen sollen?«

»Dann fragen wir jetzt Tatjana nach ihrer Version. Da bin ich echt gespannt«, sagte Luise über die Schulter, weil sie schon auf dem Weg in das andere Verhörzimmer war.

Tatjana Rummels war zwanzig Jahre alt, ebenfalls unverheiratet und ohne Kinder. Sie lebte bei ihren Eltern in Wien und hatte sich nach der Matura, noch nicht entschieden, welches Studium sie aufnehmen wollte.

Eilig dürfte sie es nicht damit haben, dachte Luise, denn sonst müsste sie schon zwei Jahre studieren. Vielleicht war sie ja schon mit der Matura später dran gewesen. Doch das ging die Ermittler nichts an.

Auch Tatjana bestätigte anhand des Fotos, dass sie alle über denselben Clemens sprachen.

»Bitte erzählen Sie uns vom Freitag. Wie Sie Clemens Holzbauer kennengelernt haben und wie der Abend verlaufen ist«, bat die Ermittlerin.

In das Gesicht des Mädchens stieg Röte. Luise vermutete, dass es Zornesröte war, auf übertriebene Scham schätzte sie ihr Gegenüber nicht ein.

»Wir hatten Clemens am Nachmittag beim Freestyle gesehen und im Anschluss daran ein paar Worte mit ihm gesprochen. Wir verabredeten uns für den Abend bei der Buddy-Party.«

»Ah, Sie waren verabredet«, wiederholte Luise überrascht.

»Ja. Ich freute mich sehr darüber, dass er tatsächlich kam. Er sah wirklich ausnehmend gut aus, und am Nachmittag hatte ich angenommen, dass er wohl mehrere Dates vereinbaren würde. Als wir ankamen, stand er wirklich mit einigen Leuten herum, und es waren jede Menge Mädels dabei. Er schäkerte mit der, die heute Nachmittag mit Ihnen zusammen zum See gekommen ist, was seinem Freund gar nicht recht war.«

»Doch als Sie kamen, widmete er sich Ihnen?«

»No ja, es war nicht so einfach, weil Alina sich ganz schön an ihn hängte. Aber dann kam Kevin – das ist ihr Freund – und machte Stunk. Ich erklärte ihm, dass ich an dem Typ interessiert war und nicht Alina und sie nur wegen des Streits so viel getrunken hatte, den sie miteinander gehabt hatten. Daraufhin beruhigte er sich und zog ab. Er wollte später zurückkommen, um sich mit ihr zu versöhnen.«

»Warum nicht gleich?«

»Da war ein Konzert, das er sich anhören wollte und außerdem war die Situation in dem Augenblick ein wenig aufgeheizt. Clemens war ein imposanter Typ, und auch wenn Kevin sich viel auf seine Muckis einbildet, ein Supersportler, der beinahe einen Kopf größer war, das hätte ins Auge gehen können.«

Luise fiel zwischendurch auf, dass die junge Frau gar nicht danach fragte, wie Holzbauer gestorben war.

»Ich erzählte Clemens, dass Kevin später wiederkommen würde, und er schlug vor, dass wir zu ihm in die Fewo fahren sollten. Da war es ruhig, und er könne etwas trinken. Er war mit dem Auto unterwegs und wollte auf keinen Fall Schwierigkeiten mit der Polizei bekommen.«

Den Sport hatte der Mann anscheinend wirklich ernst genommen, dachte Luise, die über seine Trinkgewohnheiten schon einiges erfahren hatte.

»In der Wohnung angekommen, tranken wir ein bisschen Wein. Clemens wurde rasch drängend, Alina schlief auf der Couch ein, und wir wechselten ins Bett.« Wieder wurde ihr Gesicht röter. Ihre Augen funkelten böse. »Es ging alles ziemlich schnell. Und kaum war Clemens fertig, sagte er, er müsse zeitig raus, wegen der Bewerbe, und wir müssten jetzt gehen.«

Luise musterte die junge Frau nachdenklich und dachte: Dieser Holzbauer war anscheinend tatsächlich eines von den überheblichen Arschlöchern, die Frauen so behandelten, wie es ihnen gerade einfiel. Bei Lotte hatte er sich mit Sicherheit mehr anstrengen müssen.

Dennoch schien es ihr ungewöhnlich, dass die Kleine alles so locker erzählte und gar nicht fragte, weshalb die Ermittler das wissen wollten.

»Dieser Hurenbock!«, wütete Tatjana plötzlich los. »Ich weiß, man soll von Toten nicht schlecht reden, aber der Mann war unter jeder Sau. So etwas habe ich noch nie erlebt. Nicht einmal seine Telefonnummer hat er mir gegeben. Am liebsten hätte ich ihn umgebracht!«

»Clemens Holzbauer wurde umgebracht!«, antwortete Oberst Pimpernell akzentuiert und blickte die junge Frau scharf an.

»Ich hätte ihn würgen können, wie einen Truthahn ... Was haben Sie gesagt?« Das Mädchen erstarrte. Dann wurden ihre Augen unruhig, zuckten zwischen den Ermittlern hin und her. »Sind wir deshalb hier? Ich dachte, er hatte einen Unfall oder so.«

»Oder so«, bestätigte Luise.

»Aber, aber ... wir haben damit doch nichts zu tun!« Die Stimme Tatjanas wurde flüsternd. »Wenn da ein Mörder zu ihm gekommen ist ... da können wir jetzt ja direkt froh sein, dass er uns hinausgeschmissen hat.«

Luise sah zu Grümpl, der zog eine Augenbraue hoch. Diese Reaktion verblüffte sie beide gleichermaßen. »Wie ging es weiter?«, holte sie die junge Frau zum Kern der Befragung zurück.

»Wir fuhren mit dem Taxi wieder nach Neusiedl und gingen auf die Early-Bird-Party.«

»Wann war das?«

»Weiß nicht. So um Mitternacht herum.«

»Denken Sie gut nach. Es wäre besser, wenn Sie das genauer angeben könnten. Auch für Sie.«

Tatjana riss die Augen auf. »W-was heißt das?«

»Dass ich Sie bitte, zu versuchen, sich so genau wie möglich zu erinnern, wann Sie Clemens Holzbauer verlassen haben.«

»Ich kann es wirklich nicht sagen. Ich habe so gekocht vor Wut.« Sie kniff die Lippen zusammen und zuckte mit den Achseln. Dann hellte sich ihr Gesicht auf. »Aber darf ich auf mein Handy schauen? Ich habe mit einer Freundin darüber gesimst – Alina war ja kaum ansprechbar, so voll war sie – und damit begonnen, als wir mit dem Taxi vor dem Haus losgefahren sind.«

Diesmal war die Pimpernell jenseits ihrer üblichen Ablehnung hocherfreut über die modernen Gepflogenheiten. Tatjana wischte auf ihrem Mobiltelefon herum und zeigte den Beamten dann den Verlauf ihres SMS-Austauschs mit der Freundin. Er begann um null Uhr acht.

Der hat es aber wirklich eilig gehabt, dachte Luise, und auch wenn sie dem schnellen Intimwerden doch einigermaßen unverständig gegenüberstand, den Zorn des Mädchens konnte sie gut nachvollziehen. Sie öffnete die Tür und gab das Handy an einen uniformierten Kollegen weiter, mit dem Auftrag, die SMS-Konversation für den Akt zu dokumentieren. Dann wandte sie sich wieder Tatjana Rummels zu.

»Wo haben Sie übernachtet? Der Freund von Alina sagte, dass sie nicht in das gemeinsame Quartier gekommen sind.«

»Wir haben ein paar Einheimische getroffen und sind mit denen in ihr Haus nach Gols gefahren.«

Luise merkte, wie erneut Unbehagen von ihr Besitz ergreifen wollte, ausgelöst durch die Normalitäten der Gegenwart. Sofort versuchte sie, sich wieder auf die Befragung zu konzentrieren. Die Ablenkung wäre nicht gut für ihre Ermittlungen. Sie hatte große Routine in diesem Ritual, da sie in ihrem Beruf regelmäßig mit Situationen konfrontiert wurde, die ihrem persönlichen Weltbild zuwiderliefen, und es gelang auch jetzt.

»Den gestrigen Tag verbrachten wir ebenfalls mit ihnen. Heute hatten die etwas anderes zu tun, und wir fuhren deshalb allein zum Festgelände.«

»Aber natürlich wissen Sie keine Adresse und nicht, wie die Leute hießen«, warf Grümpl lakonisch ein.

»Doch. Das war ein riesiger Kasten, direkt an der Hauptstraße. Und davor stand eine Tafel *Weinbau Kastner.*«

Die Augenbrauen des Inspektors zuckten überrascht in die Höhe, und Luise warf ihm einen spöttischen Blick zu.

»Kehren wir zu den Vorfällen in der Wohnung Holzbauers zurück«, forderte sie.

»Sie waren also mit ihm im Bett. Hatten Sie noch an anderen Orten Geschlechtsverkehr, oder entsprechende Vor- oder Nachspiele? Im Bad, auf dem Teppich, oder hat er Sie an Wände oder Möbel gedrückt?«

»Nachspiele!«, zischte Tatjana. »Ich kam nicht einmal mehr ins Bad! Gerade, dass er mich noch auf die Toilette gehen ließ. Dieser widerliche Schweinehund!«

»War Ihr Sex mit ihm von Gewalt begleitet?«

»Gewalt? Sie meinen Sado-Maso oder so was? Nein, es lief ganz normal. Und er hatte auch was los, das muss ich sagen.

Hätte mir schon alles getaugt an ihm. Das Danach war halt der Hammer.«

»Haben Sie ihn geschlagen?«

»*Ich?* Wie käme ich denn dazu?«

»Nun, Ihre Wut schien beträchtlich.«

»Ja schon. Aber ich schlag doch niemanden. Abgesehen davon, dass er ein baumlanger supertrainierter Kerl war. Da sähe ich heute wahrscheinlich anders aus.«

»Ist Ihnen irgendetwas aufgefallen? Haben Sie vor dem Haus jemanden gesehen, etwas Ungewöhnliches gehört?«

»Mir ist nichts aufgefallen. Ich war stinksauer! Und Alina war noch immer stockbesoffen. Ich hatte genug mit uns zu tun.«

»Sie sagten Holzbauer stand in der Tür der Fewo und sah Ihnen nach. Wie kamen Sie beim Tor hinaus? War es denn nicht zugesperrt?«

»Nein. Es war offen. Wir hatten kein Problem damit. Und als wir ankamen, hat er auch keinen Schlüssel gebraucht. Da war es ebenfalls nicht versperrt.«

Die Pimpernell sah zu ihrem Kollegen hin, dieser schüttelte den Kopf. »Sie können wieder gehen. Wenn Ihnen noch etwas einfällt, dann melden Sie sich bitte. Jede Kleinigkeit kann wichtig sein.« Luise stand auf.

»Wie ist er denn ... gestorben?«, fragte Tatjana zögerlich und sah die Beamten ängstlich an.

»Genickbruch«, bekam sie ohne weitere Erklärung zur Antwort.

»Wenn ich den Mörder nur in der Aufregung nicht gesehen habe, aber er uns ...« Die Stimme des Mädchens zitterte.

»Es war für uns schon nicht leicht, Sie zu finden, für ihn wäre es mit Sicherheit um vieles schwieriger. Darüber sollten Sie sich keine Sorgen machen.«

»Können wir nach Wien zurückfahren?«

»Sie müssen auf das Protokoll warten und Ihre Aussage unterschreiben. Doch dann steht dem nichts im Wege. Aber schalten Sie bitte Ihr Handy nicht aus. Damit ich Sie erreichen kann, falls ich weitere Fragen habe.«

16

»Und jetzt?«, fragte Grümpl, als sie in ihr Büro zurückkehrten.

»Du glaubst ihnen?«

»Ja. Du nicht?«

»Tatjanas Wut und Angst wirkten sehr natürlich. Sie hat auch keinen Hehl aus ihrem Zorn gemacht, der so weit ging, dass ihr sein Tod vollkommen gleichgültig blieb, wie mir scheint. Die mangelnde Betroffenheit, die mich zu Beginn etwas irritiert hat, macht nachträglich gesehen auf mich den überzeugendsten Eindruck. Und die SMS sind natürlich fast ein Alibi. Abgesehen davon, dass ich sie doch nicht für derart abgebrüht halte, dass sie sofort nach einem Tathergang, wie wir ihn vermuten, eine solche Konversation beginnt«, resümierte Luise.

»Jetzt sind wir wieder am Anfang. Weitere wütende Gespielinnen oder gehörnte Ehemänner? Da scheint es einige in Schilfern zu geben.«

»Könnte auch aus der Umgebung stammen.«

»Sag nicht so etwas.« Der kleine Inspektor verzog schmerzlich das Gesicht. »Es ist schon arg genug.«

Luise schlug ihm auf die Schulter. »Gibts noch was von dem Ritscher? Ich hab einen Hunger wie ein Wolf. Du hast mich vom ersten Mittagessen-Bissen weggeholt. Und jetzt ist es beinahe Abend.«

»Nein, Ritscher gibts keinen mehr, aber Letscho-Rostbraten.«

»Jessas, der ist ja auch so gut von deiner Frau.« Luise lief das Wasser Im Mund zusammen.

»Also fahren wir. Die Büroarbeit können wir nachher machen, die nimmt uns keiner weg. Mit leerem Magen haben wir sicher keine Ideen und die brauchen wir dringend. Ich ruf die Rosi gleich an, damit sie schon alles herrichtet. Sonst verhungerst mir noch, und eine Chefin wie dich krieg ich nimmer.«

Ob Luise wohl den Hut abnehmen würde bei Tisch, dachte er. Aber er glaubte nicht daran. Wär ja schließlich das erste Mal. Seine Eltern hatten Verwandte, die Nachbarn von Luises Eltern gewesen waren. Als er sie kennenlernte, war er zwölf Jahre alt, sie siebenundzwanzig. Damals bereits trug sie immer einen Hut. Zu dieser Zeit war es noch ein flotteres Modell, und er dachte, dass das in der Stadt einfach so Mode war, weil sie in Wien an der Polizeiakademie studierte. Die Leute, die er später danach fragte, erzählten, dass sie als junges Mädchen wunderschönes langes, dunkles Haar hatte. Jetzt war es grau, das sah man dort, wo es unter dem Hut hervorlugte, doch ob es kurz oder lang war, das wusste niemand mehr.

Selbst wenn er sie in ihrem Haus besuchte, trug sie immer eine Kopfbedeckung, meistens den alten Jägerhut, manchmal aber auch selbstgestrickte Fantasiemodelle. Im Sommer wechselte sie zu einem Leinenhut mit Krempe. Da gab es verschiedene, ihr Lieblingsstück war einer mit Blumenmuster, na, das war erst ein Ding ...

Rosi Grümpl empfing Luise Pimpernell wie eine verschollen geglaubte Verwandte. »Dass du wieder einmal vorbeischaust, das ist ja wie Weihnachten und Ostern zugleich!«

»Und ich werd auch so viel essen wie zu beiden Feiertagen gemeinsam«, drohte Luise.

»Kannst ruhig. Es gibt anschließend noch Strauben.«

Entgegen der Vermutung, die einen vielleicht beim Anblick des kleinen, zarten Mannes ergriff, aß Roman Grümpl gerne gut und viel. Seine Frau war eine erstklassige Köchin, die ihre Leidenschaft für burgenländische Hausmannskost mit ihm gut ausleben konnte und mit Luise Pimpernell teilte.

Wie es bei Luise daheim ebenfalls Sitte war, wurde bei Tisch nicht über den Beruf gesprochen. Es gab auch so einiges zu erzählen und vor allem auch zu lachen. Und das hatten die Pimpernell und Grümpl bitter nötig, um ihre Batterien wieder aufzuladen.

Es ging schon auf neunzehn Uhr zu und Luise sagte eben: »Weißt was, wir lassen es heute. Morgen ist auch noch ein Tag. Ich glaube nicht, dass uns irgendetwas oder -wer davonläuft.«

Da läutete ihr Handy. Lukas Rosenwarter informierte sie, dass er einen Nachbarn von Holzbauer angetroffen hatte, der Interessantes zu berichten wusste. »Er ist Pensionist, geht mehrmals am Tag mit dem Hund spazieren und hat Holzbauer hin und wieder mit Frauen gesehen. Immer anderen, sagte er und konnte keine näher beschreiben. Als ich ihn informiert habe, dass sein Nachbar in Schilfern am See zu Tode gekommen ist, fiel ihm allerdings etwas ein. Im vorigen Spätherbst hatte Holzbauer manchmal Besuch von einer Frau, die mit einem Neusiedler Kennzeichen unterwegs war. Sie fuhr einen nicht allzu neuen silberfarbenen Golf und es war ihm nur deshalb im Gedächtnis geblieben, weil sie einmal damit, wahrscheinlich irrtümlich, auf seinem nummerierten Autoabstellplatz geparkt hatte, der neben dem von Holzbauer liegt. Daher hatte er sich das Auto gemerkt, und es ist ihm später noch ein paar Mal aufgefallen, auch wenn es dann auf dem richtigen Platz oder auf der Straße stand.«

»Ha!«, rief die Pimpernell aufgekratzt. »Kennzeichen? Und wie sah die Frau aus?«

»Gemach, gemach, Chefin!« Der junge Beamte genoss ein bisschen, dass er Luise auf die Folter spannen konnte. »Vom Kennzeichen wusste er nur mehr, dass es eine dreistellige Zahl war, die in der Mitte eine Null hatte. Und dass es eine ND-Nummer war.«

»Besser als gar nichts! Und hat er die Frau gesehen?«

»Nur einmal und nur von hinten, als er zu seinem Wagen kam, ging sie gerade vom Nachbarauto weg. Er konnte also keine genaue Beschreibung geben. Er sagte, sie war schlank und eher ein junges Mädchen. Aber er ist halt schon ein älterer Herr, da kann vieles unter *jung* firmieren.«

Rosenwarter lachte und Luise tat ihm die Freude und lachte ebenfalls, auch wenn sie vor Ungeduld beinahe platzte.

»Sie war mittelgroß, schlank, trug Jeans und eine kurze Jacke. Knackiges Hinterteil, davon leitete er ab, dass sie jung war.«

»So alt können Männer gar nicht werden, dass ein Hintern sie nicht inspiriert«, brummte die Pimpernell.

Wieder lachte Rosenwarter. »Blondes Haar, Pferdeschweif. Mehr konnte er nicht sagen.«

»So wenig ist das gar nicht. Hat er sie abends oder tagsüber gesehen?«

»Ach ja, tagsüber. Wenn er sich recht erinnerte, nachmittags. Es war in jedem Fall bei Tageslicht.«

»Im Spätherbst? Im Winter nicht?«

»Er glaubt, dass er sie, beziehungsweise das Auto, ab dem Advent nicht mehr gesehen hat.«

»Sehr interessant! Jetzt haben Sie sich einen gemütlichen Feierabend verdient.«

»Soll ich mich noch um das Auto kümmern?«, fragte er jedoch.

»Nein, danke, das ist wirklich lieb, aber gehen Sie nach Hause. Das soll morgen die Springmaus machen.«

»Wer?«, fragte er irritiert.

»Ach, vergessen Sie es. Ein silbriger Golf, ein größeres Allerweltsauto hätte es ja nicht sein können. Aber immerhin. Gute Arbeit! Danke! Wann sind Sie wieder da?«

»Dienstag Tagdienst. Rufen Sie mich ruhig auf dem Handy an, wenn Sie morgen etwas von mir wollen.«

Hach, was für ein Mitarbeiter. Den gönnte sie dem öden Feuerfuchs gar nicht. Sie würde das Angebot zwar sicher nicht annehmen, nahm sich jedoch vor, Rosenwarter nach Abschluss des Falles in ihrem Bericht besonders zu erwähnen. Pluspunkte waren gut für die Karriere.

Grümpl, der mitgehört hatte, rieb sich die Hände. »Ich fahre mit dir auf die Dienststelle. Da können wir noch alles auf den neuesten Stand bringen.«

»Lass nur, Roman, ich übernehme das. Macht euch lieber einen gemütlichen Sonntagabend. Das freie Wochenende war eh verpatzt für dich. Und so gut verköstigt wie ich wurde, halte ich jetzt noch einige Zeit durch.«

Genau das war einer der vielen Gründe, warum Roman Grümpl die Frau Oberst so schätzte.

Im Büro bereitete sie eine Aufgabenpalette für die Springmaus vor, die diese am Morgen vorfinden würde. Nach dem freien Sonntag sollte sie gleich voll durchstarten. Fingerabdrücke abgleichen, Fahrzeuge überprüfen, die Handyauswertung war auch noch ausständig.

Luise Pimpernell arbeitete rasch und präzise, sie wollte anschließend ein paar Schritte durch die Weinberge laufen, um ihre Gedanken zu sortieren, und hoffte, dass sie es vor Einbruch der Dunkelheit nach Hause schaffte. Wenn auch so viele auf die Sommerzeit schimpften, sie war begeistert davon. Die Zeitumstellung ermöglichte ihr nach langen Arbeitstagen ihre geliebten Spaziergänge, die sie bereits für die Lösung so manchen Falles benötigt hatte.

Einem Impuls folgend – oder einer unbewussten Registrierung in einem Hinterstübchen ihres Gehirns – fuhr sie bei der Pension »Lieselotte« vorbei. Da stand er. Ein silbergrauer Golf, mit dem Kennzeichen ND 308 GRB. Sie überlegte kurz, ob sie sofort mit Lotte sprechen sollte, entschied hingegen, dass es für heute genug war. Die rannte ihr schon nicht davon.

Jetzt brauchte sie ihren Spaziergang dringender. Die Eindrücke und Ergebnisse des Tages waren umfangreich, hatten nur leider in keine Richtung geführt, die auf einen bestimmten Täter hinwies.

Lotte als Täterin? Luises Bauch gab keine Meldung ab. Aber konnte sie sich in diesem Fall wirklich auf ihn verlassen? Sie hatte sich doch bereits ein paar Mal selbst zur Ordnung rufen müssen.

17

Mit ihren so typischen ausgreifenden Schritten war Luise schnell auf der Lavendelhöhe, wie das Gebiet auf dem Kamm des Weinberges oberhalb ihres Wohnhauses von der Bevölkerung genannt wurde. Der Sommer schien diesmal früh dran zu sein. Es hatte nur wenig abgekühlt, und sie war ganz schön ins Schwitzen geraten.

Liebevoll fasste sie den See ins Auge. Die Sonne stand schon sehr tief, doch es gab kein Abendrot. Auch dies ein Hinweis auf die wärmeren Temperaturen. Im Sommer waren die Sonnenuntergänge nie so spektakulär wie im Winter. Es musste an dem Kontrast zwischen der Wärme der Sonne und der Kälte der Luft liegen. Der Ausblick war dennoch ein Rastplatz für ihre Seele. Glatt lagen Himmel und See am Horizont. Das Himmelsblau verblasste zu Pastelltönen von Violett, Orange und Gelb.

Die akkuraten Reihen der Weinstöcke verfehlten ebenfalls nicht ihre Wirkung auf Luises Gemüt. Sie liebte das Ordentliche, das diese Landschaft dadurch bekam. Es gab ihr Halt. Rasch gelang es ihr, Lungen und Kopf mit guter Luft und Ruhe zu füllen.

Sie ließ die Informationen des vergangenen Tages in sich absinken. Was stieg als Erstes wieder hoch?

Sie glaubte nicht an einen Mann als Täter. Immer noch hielt sie an dem mutmaßlichen Tathergang fest. Auch hatte Clemens Holzbauer die Frauen nicht sehr gut behandelt, wie ihr vorkam. Er schien ein ausgewachsenes Macho-Ekel gewesen zu sein. Da passte der Schlag in die Weichteile perfekt. Hierzu gab ihr Bauch sofort eine bestätigende Resonanz ab.

Offensichtlich waren es viele Frauen, die in den zweifelhaften Genuss seiner Aufmerksamkeit gekommen waren. Und es war nicht auszuschließen, dass die ein oder andere bereits darauf gewartet hatte, dass er wieder nach Schilfern kam. Vielleicht diejenige, die er im Winter in Wien abserviert hatte? Konnte es nicht sein, dass sie, als sie sein Auto vor dem Haus entdeckt hatte, einfach bei ihm vorbeischauen wollte? Möglicherweise wohnte sie in der Nachbarschaft.

Hier auf dem Lande war es immer noch Usus, sehr sorglos mit dem Absperren der Tore umzugehen. Tagsüber wurde so gut wie gar nicht abgeschlossen und abends oft darauf vergessen. Da Lois bei den Jägern war – und auch so mancher andere Ehemann, was die Gelegenheit besonders günstig machte – hätte die Besucherin als beinahe sicher voraussetzen können, dass erst vom Hausherrn abgesperrt werden würde, wenn er heimgewackelt kam. Einem Überraschungsbesuch hätte sich also keine verschlossene Tür in den Weg gestellt.

Und was hätte diese Frau da gesehen? Die Mädchen?

Ein gehörnter Ehemann hätte Holzbauer wohl einen Schlag ins Gesicht versetzt, ihm erst nachher aus Wut ins Geschäft getreten. Aber im Gesicht hatte er nicht die kleinste Unterblutung.

Luises Gedanken schweiften zu Lotte ab, die tatsächlich zum kritischen Zeitpunkt auf dem Nachhauseweg gewesen war. Doch Luises Bauch rührte sich nicht. Dass Lotte zu Clemens in die Stadt gefahren war, konnte sie sich noch vorstellen, aber dass sie Luise so locker gegenübergetreten war, obwohl sie ihn umgebracht hatte, das löste in ihrem Inneren keine Resonanz aus. Allerdings musste sie hier besonders aufmerksam bleiben, weil ihr die Pensionswirtin so ungemein sympathisch war. Nun, mal sehen, wie sie ihr morgen begegnete, wenn Luise sie auf die Wienbesuche ansprach.

Die Mädchen? Die waren raus, davon war sie überzeugt. Die Bürgermeisterin auch. Luise musste grinsen, ob sie wollte oder nicht. Die hätte ihn wohl anders zugerichtet. Der Bürgermeister allerdings – so ganz war sich Luise über dessen Rolle noch nicht klar. Aber laut ihrer eigenen These entsprach er nicht dem Täterprofil. Wegen seiner Alten hatte er sich eher nicht mit dem Holzbauer gematcht. Hätten dubiose Geschäfte Anlass zu einer handgreiflichen Auseinandersetzung gegeben, passten die vorhandenen und nicht vorhandenen Blutergüsse einfach nicht dazu. Abgesehen davon, gab es wohl andere Möglichkeiten, solche Machenschaften zu bereinigen. Wenn da jeder gleich umgebracht werden müsste, hätte das Burgenland einen enormen Bewohnerschwund.

Für eine kleine Rast auf der Lieblingsbank war es schon zu spät. Die Dämmerung war bereits ziemlich weit fortgeschritten. Luise hatte zwar ihre Taschenlampe mit und rannte hier öfters im Finstern herum, zum Niedersetzen lud die Dunkelheit allerdings nicht ein.

So steuerte sie stramm auf den Emserkeller zu. Ein schönes Glaserl Wein würde ihr jetzt sicher guttun, das wundervolle Essen noch herrlich, wenn auch verspätet abrunden.

Als Luise die Stufen im Weinkeller hinunterstieg, hörte sie – nichts. Wunderbare Stille umfing sie. Die Treppe war dunkel. Ebenfalls ein Grund dafür, dass sie die Taschenlampe mithatte. Auf der kleinen Plattform mit dem Tisch saßen im Kerzenschein drei alte Männer und schwiegen. Frieden durchströmte sie.

Bei ihrem Auftauchen allerdings wurde der Emser sofort lebendig. So gut ihn seine alten Knochen ließen, sprang er auf und holte ein Glas für Luise. Er öffnete eine neue Flasche Wein, die er anscheinend extra für sie bereitgestellt hatte, und schenkte ihr ein.

»Luiserl, wie schön. Ich dachte schon, du hast aufs Kommen vergessen.«

»Aber Herr Emser, wer kann diesen Wein vergessen«, antwortete sie wie gewünscht. Luise spulte das Ritual des ersten Schluckes ab wie gewohnt. Ihrem Schmatzen folgte ein glückliches Seufzen, das auch dem Emserbauern ein Strahlen ins zerknitterte Gesicht zauberte.

Dann wurde wieder geschwiegen. Erst als der Bauer die Gläser neu füllte, fragte er: »Wie geht es dir denn mit deinem Fall, Luiserl?« Er durfte das. Luise wusste, dass er auf diese Weise nach ihrem Befinden fragte, nicht aus Neugier an den Ermittlungen.

»Es zieht sich. Es gibt so viele Möglichkeiten, aber das wird schon.« Sie blickte versonnen auf ihr Weinglas.

Dem Bauern war es genug, und so wurde eine Weile wieder nichts gesprochen.

Plötzlich sagte Alois Riemberger, einer der Alten, die ebenfalls am Tisch saßen: »Hast du schon mit dem Zuagrasten da oben am Berg geredet?«

Luise wusste sofort, wen er meinte. Am höchsten Punkt der Straße hatte ein Zugezogener aus Wien einen riesigen dunkel verkleideten Kasten von Haus hingebaut, der den Einheimischen ein Dorn im Auge war. Es erschien ihr logisch, dass der alte Mann ein Verbrechen mit diesem ungeliebten Ortsbewohner in Verbindung bringen wollte.

»Nein, Herr Riemberger. Warum sollte ich?«

»Weil der einen Streit mit dem Versicherungsheini hatte.«

Die Pimpernell wurde hellhörig. Wenn es ihr auch leidtat um die wunderbare Stimmung, sah sie den Alten jetzt doch auffordernd an.

»Da ist voriges Jahr ein Unfall passiert, bei den Arbeiten am Dach. Weil die Baupläne aber nicht eingehalten worden waren, hat die Versicherung nicht zahlen wollen. Der Bürgermeister hats dann irgendwie gerichtet.«

Irgendwie. Aha.

»Der Kasten ist auf der einen Seite zu hoch gewesen, genau dort wo der Arbeiter heruntergefallen ist«, erzählte der andere Besucher. »Der Rudi hat die Genehmigung nachträglich vorgenommen und irgendwie zurückdatiert. Oder so.«

Irgendwie. Oder so. Aha.

»Aber Streit gabs mit dem Dolm trotzdem, dass alles nur so gewackelt hat hier.«

Riemberger übernahm wieder: »Außerdem war da ja was mit dem Zuagrasten seiner Frau.«

Ah genau! Darauf hatte Luise jetzt direkt schon gewartet.

»Die waren keine Freunde in diesem Leben, der Dolm und der Großkopferte in dem Prunkbau da oben«, schloss der alte Mann.

»Nun, dann werde ich mich morgen darum kümmern. Danke!« Luise hob den Männern ihr Weinglas entgegen.

Wieder wurde es still. Und blieb es auch noch einige Zeit.

Als Luise den Weg zu ihrem Haus hinunterging, merkte sie, dass sie ganz schön einen sitzen hatte. Der »Jahrhundertwein« vom Emser hatte es in sich. Hoffentlich würde heute Nacht keiner anrufen und sie zum Dienst holen.

18

Gut ausgeschlafen und voller Tatendrang betrat Oberst Pimpernell am nächsten Morgen das Polizeikommando in Neusiedl und verblüffte die Kollegen mit dem Wechsel zu ihrer Sommergarderobe. Der beige Rock, der nun um ihre Knöchel flatterte, hatte braune Streifen, dazu trug sie ein gelbes Top und ein offen getragenes kurzärmeliges Herrenhemd mit blau-weiß-grünen Karos, das über die Hüften reichte. Die alte Schultasche war gegen einen selbst gehäkelten Patchwork-Umhängebeutel eingetauscht, und auf ihrem Kopf thronte ein Leinenhut in ausgewaschenem Rot mit weißen Pünktchen, der an einen Südwester erinnerte. Oder an einen Fliegenpilz. Die Krempe hatte sie vorne hochgeklappt, so dass man doch tatsächlich einen Hauch von grauem Haaransatz erahnen konnte.

Sie berichtete Grümpl, was sie am Abend erfahren hatte, und beauftragte ihn, sich über die Geschichte mit der Versicherung ein genaues Bild zu verschaffen. »Ich mache weiter Weibertour«, seufzte sie. »Fahre jetzt zu Lotte und danach zu der Frau von dem Zuagrasten. Vielleicht sind später ja schon ein paar Berichte von der Springmaus da.«

»Du glaubst doch nicht, dass Lotte unser Mann ... äh ... unsere Frau ist?«

»Fürs Glauben ist der Pfarrer zuständig. Ich bin es fürs Ermitteln«, gab sie in trockenem Ton zurück, den sie jedoch mit einem Klappern der Augendeckel abmilderte.

Der silberfarbene Golf parkte noch immer auf demselben Platz vor der Frühstückspension.

Lotte sah erneut frisch und appetitlich aus. Heute trug sie eine weiße Dreiviertelhose, in der ihr Po selbstverständlich wieder perfekt zur Geltung kam, und ein geringeltes T-Shirt im Marine-Look. Sie begrüßte Luise genauso strahlend wie am Vortag und führte sie abermals ins Frühstückszimmer der Pension, wo sie ihr diesmal gleich ungefragt ein Häferl Kaffee hinstellte.

»Hast du etwas vergessen?«, fragte sie unumwunden.

»Nein, sondern erfahren. Kann es sein, dass du mir nicht ganz die Wahrheit erzählt hast über das Ende der nicht vorhandenen Affaire mit Clemens Holzbauer?«

Die Pensionswirtin runzelte die Stirn und schüttelte verblüfft den Kopf. »Nein. Wie kommst du darauf?«

»Du hast den guten Clemens nicht vielleicht doch noch im Herbst in Wien besucht?« Luise schaute der Frau aufmerksam ins Gesicht.

Lotte gab ein helles Lachen von sich. »Na, das ist ja völlig abstrus. Ich weiß nicht einmal wo der wohnt.«

»Ein silberner Golf mit Neusiedler Kennzeichen und einer Nummer mit einer Null in der Mitte ist dort gesehen worden.« Luises Blick haftete scharf auf dem Gesicht ihres Gegenübers.

»Ja und? Was habe ich damit zu tun?«

»Kann es nicht dein Auto gewesen sein?«

»Meines?« Lieselotte Burger riss die Augen auf, dann lachte sie wieder los. »Ich fahre einen grünen Passat Kombi. Ein Golf wäre mir zu klein, da ich manchmal Gäste abholen muss und ausreichend Platz für ihr Gepäck brauche.«

»Dann ist das nicht dein Auto vor dem Haus?«

»Ich weiß nicht, welches Auto da steht, aber meines ist hinten in der Garage. Du kannst es dir gerne anschauen.«

Jetzt war es an Luise, den Kopf zu schütteln. Wieder ärgerte sie sich über ihre vorschnellen Schlüsse. Was war denn nur mit ihr los?

»Ein silberner Golf, sagst du?« Lotte spitzte die Lippen. »Der gehört wahrscheinlich Irene, meiner Nachbarin. Die Nummer weiß ich nicht, aber ja, da könnte ein Nuller drinnen sein.«

Luise schloss seufzend die Augen. Irene. Schon wieder eine Blondine. »Kann da etwas gelaufen sein, zwischen dem Holzbauer und ihr?«

»Na, du stellst Fragen. Was weiß denn ich. Aber ich glaube eher nicht. Sie hat doch voriges Jahr im Jänner Zwillinge bekommen. Mit denen wird sie im Sommer alle Hände voll zu tun gehabt haben. Und nun ist sie zum zweiten Mal schwanger.«

»Ach ja, stimmt.« Jetzt fiel es auch der Pimpernell ein. Sie stand auf.

»Danke für den Kaffee, Lotte. Und nix für ungut. Dieser Holzbauer hält mich ordentlich auf Trab mit seinen Weibergeschichten. Immer tauchen neue Blondinen auf.«

Selbstverständlich läutete Luise Pimpernell danach bei der Nachbarin an, die sie vollkommen erstaunt begrüßte.

»Ich muss dir ein paar Fragen stellen, Irene, kann ich hereinkommen?«

Die junge Frau ging vor ihr auf die Terrasse, wo in einer Gehschule zwei entzückende Mädchen herumkrabbelten.

»Wann ist es denn so weit?«, fragte Luise mit Blick auf den höchst ansehnlichen Babybauch.

»Circa in drei Wochen. Aber manchmal fürchte ich, vorher zu platzen.«

»Kriegst wieder Zwillinge?«

»Nein, und mit denen war es auch nicht so arg. Ich weiß nicht, was das für ein Riesenbaby wird. Ein Bub halt.«

Eines der kleinen Mädchen begann zu schreien. Das andere hatte ihm ein Spielzeug aus der Hand gerissen. Die Mutter war einige Zeit damit beschäftigt, ihre Töchter wieder zur Ruhe zu bringen.

Ganz schön anstrengend mit zweien, dachte Luise. Dass man da noch Sinn für ein Verhältnis hatte, bezweifelte sie stark. Eine schnelle Nummer? Irgendwie kam ihr sogar das nicht sehr realistisch vor. Wo doch offensichtlich das Sexualleben des jungen Ehepaares ebenfalls florierte. Dennoch ratterten in Luises Kopf die Monate zurück. Acht Monate – Ende August, da war der Holzbauer noch da gewesen. Drei Monate später, im Advent also, hätte eine Schwangerschaft leicht zu Auseinandersetzungen führen können, die das Ende der Beziehung auslösten.

Schwerfällig setzte sich Irene auf einen der Rattansessel, blies eine Haarsträhne aus dem Gesicht und sah die Beamtin neugierig an. »Was führt Sie zu mir, Frau Pimpernell? Sie sind ja sicher nicht da, um sich mit mir über meine Kinder oder die Schwangerschaft zu unterhalten.«

Luise zog bedauernd die Schulter in die Höhe. »Gehört der Golf da draußen dir?« Damit es nicht erneut ein Missverständnis gab, fügte sie rasch hinzu: »Der mit dem Kennzeichen ND 308 GRB. Den meine ich.«

»Ja, das ist meiner. Ist was mit ihm?«

»Kanntest du Clemens Holzbauer?«, ging Luise nicht weiter darauf ein.

»Ja, flüchtig«, Irene nickte ihrem Gegenüber zu. »Er hat mir das Auto versichert.«

»Und sonst?«

»Wie und sonst? Sonst kannte ich den nicht.«

»Ist er nicht vielleicht manchmal vorbeigekommen? Auf einen Kaffee, oder so?«

»Leider, damit habe ich nicht gerechnet, als ich die Versicherung bei ihm abgeschlossen habe, ich habe das schnell bereut. Wissen Sie, das war ein Widerling. Aber er war mit Petra befreundet, und die hat das mit ihm eingefädelt.«

»Petra wer?«

»Petra Sziderits. Dann ist der Typ tatsächlich hin und wieder vorbeigekommen und hat sich angeschleimt. Für die Kinder was gebracht und so.«

»Du hast ihn nicht vielleicht einmal in Wien besucht?« Luise war es beinahe unangenehm, diese Frage zu stellen. Aber es blieb ihr nichts anderes übrig. Deshalb war sie schließlich gekommen.

»Ich? Ich war froh, wenn ich den nicht zu Gesicht bekommen habe. Manchmal hab ich mich sogar beim Einkaufen hinter Regale verdrückt, wenn er um die Ecke kam.«

»Ein Golf wie deiner, mit einem passenden Kennzeichen, ist öfter bei ihm in Wien gesichtet worden«, erkärte Luise im Aufstehen. »Ich muss dem einfach nachgehen.«

»Wann wurde er denn gesehen?« Irene sah nachdenklich zu Luise hoch.

»Im Spätherbst. Warum?«

»Weil ich den Golf erst im Jänner von Petra gekauft habe. Vorher hatte ich einen uralten Skoda. Der war meinem Mann nicht mehr sicher genug.«

»Hast du das Kennzeichen mit übernommen?«

»Ja, das hat eben dieser Holzbauer gemacht.«

Petra Sziderits. Nein, dachte Luise verdrossen, als sie hinausging. Nicht noch eine, bitte. Doch dann hellte sich ihr Gesicht auf. Petra war genauso rothaarig wie Lukas Rosenwarter.

19

Das konnte ja etwas werden, wenn sie diese Golfs alle überprüfen mussten.

Luise hatte jetzt schon genug von den Einblicken in Clemens Holzbauers Leben. Es widerte sie an. Aber was nützte es. Hier lag der Schlüssel. Da war sie ziemlich sicher. Also atmete sie tief durch und fuhr den Hügel hinauf zu dem futuristischen Gebäude, das an der höchsten Stelle gebaut worden war und den Eindruck einer trutzigen Burg vermittelte.

Die Architekten hatten sich da wahrlich etwas Besonderes einfallen lassen. Die Seitenmauern – und diese ragten, zusätzlich gefördert durch die Hanglage, über das Nachbarhaus hinaus – waren sicher zehn bis zwölf Meter lang, mit schiefergrauen Platten verkleidet und nahezu fensterlos. Nur an ihren Enden waren kleine Luken angebracht, die an Schießscharten erinnerten. Wenn man die Straße hinaufkam, wurde das bauliche Ensemble, das ansonsten von Einfamilienhäusern geprägt war, von dieser dunklen Wand beherrscht und abgeschlossen.

Die Vorderseite des Gebäudes – denn Luise weigerte sich, es Haus zu nennen – war vom Boden bis zum Dach mit Querstreben aus Metall verkleidet, was bei Luise das Gefühl hervorrief, sich einem Gefängnis zu nähern. Dieser Eindruck erhöhte sich noch, als sie nach dem Anläuten aus einer hochmodernen Gegensprechanlage aufgefordert wurde, ihren Dienstausweis zu zeigen. Was einige Zeit in Anspruch nahm, weil Luise erst in ihrem riesigen Beutel danach suchen musste. Sie befürchtete schon, ihn beim Umräumen der Taschen nicht miteingepackt zu haben. Aus dem Gerät quäkte es bereits mehrmals ungeduldig. Nachdem sie ihn endlich gefunden und vorgezeigt hatte, schob sich die Gitterwand ein kleines Stück zur Seite. Eine schmale schwarz gekleidete Gestalt wurde hinter einer Glastür sichtbar, die automatisch aufschwang.

Luise war nicht besonders überrascht, dass das Haar, das der Frau in einem glatten Bob auf ihre Schultern fiel, blond war.

Die Hausherrin allerdings starrte die Besucherin mit einem Blick an, den diese zwischen Verblüffung und Angewidertsein einreihen konnte, wo immer sie es wollte.

Der Raum, in den die Frauen traten, dehnte sich über den gesamten Innenbereich aus. Die zum Garten gerichtete Stirnseite war komplett aus riesigen Glasfeldern gestaltet, die einen wunderbaren Ausblick freigaben, ähnlich dem Panorama, das Luise bei ihren Spaziergängen genoss. Vom Garten selbst war nichts zu sehen. Luise vermutete, dass er etwas tiefer angelegt war, als die Terrasse mit den schicken Gartenmöbeln, jenseits der Glasfront.

In den vorderen Teil war ein Turm integriert, ebenfalls verglast bis in seine Spitze. Das Dach wurde von verstreut angeordneten kleinen Fenstern unterbrochen. Der tiefe Raum war dennoch nicht besonders hell. Dafür waren wohl die langen fensterlosen Seitenwände verantwortlich. Dabei war heute ein strahlend schöner Sommertag. Wie musste es hier erst finster sein, wenn das Wetter trüb und dunkel war.

An den Seitenwänden führten Treppen auf eine Galerie, die alle vier Seiten des Gebäudes einnahm. Dort lagen sichtbare Schlafbereiche und nicht einsehbare Nebenräume.

In dem großen Raum des Erdgeschoßes war auf der linken Seite eine Küche aus Nirosta eingebaut, in der nicht ein Accessoire, geschweige denn Geschirr oder Lebensmittel zu sehen waren. Die übrige Ausstattung war äußerst spärlich. Ein paar weiße Ledersofas, verchromte Beistelltische und Grünpflanzen standen herum, doch auch diese konnten dem Raum nicht zu mehr Helligkeit oder gar Freundlichkeit verhelfen. Die riesigen modernen Bilder auf der linken Wand waren von herablaufenden Rottönen beherrscht und erinnerten an blutende Wunden.

Die Dame des Hauses passte perfekt in dieses Umfeld. Extrem schlank, schwarz gekleidet, mit dunkel umrandeten Augen und einem knallrot gemalten Mund. Sie blieb mit Luise unmittelbar hinter der Tür stehen und sah sie hochmütig an.

»Frau Rübenstich?«, fragte die Pimpernell und dachte in sich hinein grinsend, wie sehr die Frau wohl unter diesem Namen leiden musste.

»Rübenstich-Waldner«, wurde sie aufgeklärt.

»Kannten Sie Clemens Holzbauer?«, ließ Luise sich davon nicht beeindrucken.

Das linke Auge der Frau begann fast unmerklich zu zucken. »Nein«, antwortete sie kühl.

»Vielleicht kann ich Ihrem Gedächtnis ein wenig auf die Sprünge helfen. Er ist Versicherungsmakler und hat meines Wissens Ihr Objekt versichert.«

»Damit habe ich nichts zu tun. Das hat mein Mann gemacht.«

»Er kam in der Nacht vom Freitag durch Genickbruch mit wahrscheinlicher Fremdeinwirkung zu Tode. Haben Sie nichts davon gehört?«

»Nein. Ich pflege hier keine Kontakte.«

»Ich habe Informationen, nach denen Sie Clemens Holzbauer einige Male in Ihrem Haus hier empfangen haben, ohne dass Ihr Mann zugegen war«, schoss Luise einfach ins Blaue.

Das Auge ihres Gegenübers zuckte etwas stärker. »Dann haben Sie falsche Informationen. Ich kenne ihn nicht. Und im Übrigen habe ich keine Zeit. Wenn Sie noch Fragen haben, wenden Sie sich bitte an den Rechtsberater meines Mannes.« Sie hob die Hand und deutete auf die Tür.

»Warum soll ich mich an einen Anwalt wenden? Es handelt sich lediglich um eine Zeugenbefragung im Zuge meiner Ermittlung.«

»Ich fühle mich von Ihnen belästigt und das muss ich mir nicht gefallen lassen.«

»Gut, wie Sie meinen. In diesem Fall werde ich Sie für meine weiteren Fragen und die Alibiüberprüfung auf die Dienststelle vorladen. Dort kann ich auch gleich eine Gegenüberstellung mit meinen Zeugen machen.«

Jetzt zuckte der Mund der Frau ein wenig. »Wofür brauche ich ein Alibi?«, stieß sie mit ziemlich schriller Stimme heraus. Ihre Contenance hatte sie offensichtlich gerade verlassen.

»Für die Nacht von Freitag auf Samstag. Mitternacht bis ein Uhr dreißig«, beschied ihr Luise trocken.

»Da war ich zu Hause«, kam es mit eisiger Miene zurück.

»Haben Sie dafür Zeugen?«

Wieder bröckelte die Selbstbeherrschung der Blondine sichtbar, aber nur kurz. »Nein. Und jetzt gehen Sie bitte endlich!«

Luise drehte sich um und automatisch schwang die Tür auf. Sie warf noch einen Blick über die Schulter und fragte beiläufig:

»Welches Auto fahren Sie?«

Elisa Rübenstich-Waldner zögerte.

»Sie! Ich kann das innerhalb kürzester Zeit recherchieren!«, fuhr Luise sie an.

»VW.«

»Golf? Silberfarben?«

»Ja, warum?« Erneut verlor die Hausfrau etwas von ihrer Coolness.

»Kennzeichen?«

Der sorgfältig schwarz umrandete Blick der Blondine funkelte böse. »ND 802 RBA. Wenn Sie bitte jetzt gehen!«

Luise blieb einen Augenblick stehen und schenkte Frau Rübenstich ein anzügliches Lächeln. »Wir sehen uns noch«, versprach sie ihr und verließ grußlos dieses Monstrum von Haus und seine so perfekt dazu passende Besitzerin.

Luise konnte die Erbitterung des Alois Riemberger gut nachvollziehen. Auch ihr trieb es den Zorn aus allen Poren beim Anblick dieser Bauten, die in den Dörfern aus dem Boden schossen und durch die Profilierungssucht einiger Architekten sämtliche Ortsbilder verschandelten. Dass der alte Herr in dem Zuagrasten liebend gerne einen potentiellen Täter sehen wollte, ebenfalls.

Sie war gespannt, was Grümpl über den Unfall an der Baustelle herausfinden würde. Ob darin ein Motiv zu entdecken war.

Die Frau ... Nach allem was sie von Clemens Holzbauers Liebes- bzw. Sexualleben in der Zwischenzeit wusste, schien es ihr eher unwahrscheinlich, dass er die Gute nicht seiner Sammlung zugefügt haben sollte. Dass die seine Kapriolen vielleicht nicht so gleichmütig über sich ergehen lassen hat wie die Bürgermeisterin oder Lotte, schien ebenfalls logisch. Luise konnte sich gut vorstellen, dass sich die vornehme Frau Rübenstich-Waldner, die hier mit niemandem etwas zu tun haben wollte, regelmäßige Ausflüge in die Hauptstadt gönnte und diese Aufenthalte für Besuche bei Holzbauer genutzt hatte.

Andererseits wusste sie sicher nicht so gut über die Abschließgepflogenheiten für Schilfener Tore Bescheid. Und die waren für einen Menschen, der in einem solchen Bunker lebte, sicher auch höchst unvorstellbar. Weiters wirkte sie keineswegs so, als würde sie nachts spontan in einen fremden Hof hineinspazieren. Sie hätte daher mit Holzbauer verabredet sein müssen. Davon war jedoch bei seiner vorhergehenden Abendgestaltung nicht auszugehen. Für die Tat schien Luise die Frau deshalb weniger in Betracht zu kommen.

Da Grümpl sie nicht angerufen hatte, hatte es offenbar keine besonderen Neuigkeiten gegeben, und daher entschied Luise, zum Mittagessen nach Hause zu fahren. Der Ordnung halber informierte sie ihn darüber und fragte bei dieser Gelegenheit nach seinen Ermittlungen.

»Das ist eine verzwickte Geschichte, die viel von Vermutungen abhängig ist. Aber ich bin dran.«

»Gut. Ich denke, das kann bis nach der Mittagspause warten. Wenn du willst, geh zum Essen heim. Wir treffen uns nachher im Büro. Da werde ich mich dem Akt ausgiebig widmen. Ich hoffe, dass sich endlich Anhaltspunkte daraus ergeben. Ermittelt hätten wir nun ja schon genug.«

20

In Luises Küche stand ein gemauerter Herd, wie man ihn seinerzeit in die alten Häuser eingebaut hatte. Allerdings kochte nicht einmal sie mehr darauf. Das besorgte sie auf einem modernen Elektroherd. Oder zumindest auf einem halbmodernen. Insgesamt hatte sie auch ihre Küche eher so belassen, wie sie zu Zeiten ihrer Großmutter gewesen war. Davon ausgenommen waren die Nachrüstung mit diversen elektrischen Geräten und das Verlegen einer Wasserleitung. Ihre Oma hatte das Wasser noch mit der Kanne vom Brunnen im hinteren Teil des Hofes geholt.

Indessen gab es keine Hängeschränke, wie sie nach dem Krieg als »amerikanische Küchen« modern wurden und mit denen beispielsweise auch die metallene Küche in dem gruftigen Neubau ausgestattet war, den Luise soeben aufatmend verlassen hatte. Hier stand eine weißlackierte Holzkredenz mit Laden und Türen in denen Glasscheiben von geschnitzten Einrahmungen gehalten wurden. Dahinter sah man das Geschirr stehen. Die Fächer waren mit schmalen selbstgehäkelten Bordüren geschmückt. Auch den Abwaschschrank hatte sie behalten. Allerdings war in der dafür gedachten Ausziehlade kein Wasserschaff mehr zu finden, sondern diese beinhaltete nun die großen Reinen und Töpfe, die andernorts schwer unterzubringen waren und sonstiges Küchengerät. Seine Arbeitsfläche mit dem riesigen Nudelbrett war ein wichtiger Bestandteil bei Luises Koch- und Backaktivitäten.

Ein roher Holztisch stand in einer Ecke, an zwei Seiten von sogenannten Wäschebänken gesäumt, geradlehnigen Sitzbänken mit Truhen-Unterbau. Dort hatte früher die Schmutzwäsche ihren Platz gefunden. Heute boten sie prächtigen Stauraum.

Ihre Küche war Luises Lieblingsplatz im Winter. Da heizte sie den alten Herd ein, machte in seiner Röhre Bratäpfel und setzte sich an den Ecktisch unter das Wanddeckchen mit dem von der Großmutter eigenhändig eingestickten Spruch »Geh ohne Gotteswort niemals aus Deinem Hause fort«. Sie legte die Beine auf ein Fußbänkchen und strickte, während durch die offene Wohnzimmertür Glenn Miller oder Count Basie swingten.

Heute jedoch war dafür weder Jahreszeit noch Muße. Auf dem Nachhauseweg hatte sie einen Zander gekauft. Luise holte ihn aus dem Zeitungspapier, in das ihn der Fischer, leider einer der letzten, die es noch hier gab, eingewickelt hatte. Sie wusch ihn unter fließendem kaltem Wasser vorsichtig ab. Die Rückenflosse war eine Waffe, und wenn man nicht aufpasste, konnte man sich damit schwer verletzen. Deshalb zog sie zum Weiterverarbeiten ihre Arbeitshandschuhe an. Sie trennte die Flossen ab und teilte den Fisch an der Oberseite des Rückens in zwei Teile und zog die Rückengräte ab. Von den so erhaltenen Filets packte sie eines in Folie ein und verstaute es im Eisschrank. Das würde sie zum Abendessen braten.

Aus der anderen Hälfte zupfte sie ein paar verbliebene kleinere Gräten, marinierte das Fischstück mit Zitronensaft und stellte Erdäpfel zum Kochen hin. Nach einigen Minuten salzte sie den Fisch, wendete ihn in Mehl, bestäubte ihn mit scharfem Paprikapulver und legte ihn mit Zweigen von Rosmarin und Thymian ins heiße Öl einer Bratpfanne. Während er briet, schälte sie die Erdäpfel, gab sie in ein Reindl mit Deckel, ein gutes Stück Butter und gehackte Petersilie dazu und schüttelte alles kräftig durch. Nachdem sie Fisch und Petersilerdäpfel auf einen vorgewärmten Teller gelegt hatte, löste sie mit einem Spritzer Wasser die Bratrückstände vom Boden der Pfanne. Sie drückte zwei Zehen Knoblauch hinein und schäumte alles mit einem Stück Butter auf.

Zum Fisch gehörte ein Schluck Weißwein, fand sie. Deshalb genehmigte sie sich ein Achtel Sauvignon blanc. Teller und Glas stellte sie auf ein an den Ecken abgestoßenes Holztablett und balancierte es in den Garten, wo sie es sich in einer schattigen Ecke gut schmecken ließ. An den Fall versuchte sie nicht zu denken, sondern genoss die Ruhe um sich, die hier in ihrem Hof tatsächlich nur von Vogelgezwitscher unterbrochen wurde.

Grümpl war vom Essen bereits zurück, als Luise im Polizeipostenkommando eintraf. Er wirkte aufgekratzt und begann sofort zu räsonieren. »Euer Bürgermeister ist schon ein windiger Hund.«

»Na«, antwortete Luise und grinste spöttisch. »Es ist ja nicht so, dass ihr euch auf euren so viel einbilden könnt.«

Der Inspektor nickte seufzend.

»Weißt du, mich wundert nicht, wie es auf der Bundesebene zugeht, wenn schon bei uns hier im Kleinen, wo doch die Abläufe noch einigermaßen überschaubar scheinen, alles von Freunderlwirtschaft, Korruption und Schuldenmachen geprägt ist. Aber erzähl, was hast du herausgefunden.«

Der Fall hatte verschiedene Perspektiven, und Riemberger hatte da einiges durcheinandergebracht oder miteinander verwoben. Zum einen hatte Rübenstich keine Genehmigung für den Bau seines Turmes gehabt und war nach einer Anzeige vom Gemeinderat angewiesen worden, diesen wieder abzureißen, was selbstverständlich mit enormen Kosten verbunden gewesen wäre. Zum anderen war ein Arbeiter vom Dach der Baustelle gefallen. Rübenstichs Haftpflichtversicherung hatte allerdings aus dem Grund nicht zahlen wollen, weil der Verunglückte ein Schwarzarbeiter war, und nicht, weil die Baupläne unvollständig waren. Darüber hinaus war wegen illegaler Beschäftigung Anzeige gegen den Bauherrn erstattet worden.

Seltsamerweise fand sich in dem Akt irgendwann doch eine Genehmigung für den Turm. Keiner wusste, woher sie gekommen war – vermutlich mit Ausnahme des Bürgermeisters, des Architekten, der ein guter Freund von ihm war, und wahrscheinlich auch von Rübenstich. Die Baugenehmigung beruhte auf einem Alleingang des Bürgermeisters und war offenbar zurückdatiert. Die Gemeinderäte, die alle in irgendeiner Schuld des Ortsvorstehers standen, gaben sich damit zufrieden, dass der Bescheid nun doch vorhanden war und sie dadurch gewissermaßen aus dem Schneider waren.

Unglückseligerweise fiel der Mann dann vom Dach, und es begannen die Streitereien mit der Versicherung. Der Bürgermeister nahm auch dies in seine bewährten Hände, und siehe da, der Arbeiter bekam auf Kulanzwegen eine nicht unbeträchtliche Summe und die Anzeige gegen Rübenstich wurde zurückgezogen. Wie Rudi Weisz das zustande gebracht hatte, war von Grümpl nicht eruierbar gewesen. Dass dabei Clemens Holzbauer seine Finger im Spiel gehabt hatte, schien klar, musste aber Vermutung bleiben, weil er naturgemäß in den Bauakten nicht aufschien.

Gezwungenermaßen mussten sie sich auf »Tratsch-Ermittlungen« einlassen. Grümpl hatte auf seiner Liste noch einige Gesprächspartner.

»Nun, und ich werde den Herren Neufels und König einen Besuch abstatten«, eröffnete Luise ihrem Inspektor.

»Ich dachte, du wolltest die Aktenlage prüfen«, erinnerte dieser, obwohl er genau wusste, wie die Antwort seiner Vorgesetzten ausfallen würde.

»Wir müssen versuchen, diese Ungereimtheiten aufzuklären und auch, ob Holzbauer involviert war. Du kannst weitertratschen gehen, und wenn die Liste von der Springmaus kommt, damit beginnen, die Autobesitzerinnen abzuklappern. Ich habe meine Weibertour heute schon hinter mir.«

Sie schilderte ihm ihre Besuche bei Lotte, Irene und der mondänen Frau Rübenstich-Waldner. Dann kündigte sie bei Neufels ihren Besuch in Wien an und vergatterte Feuerfuchs dazu, sie zur Versicherung zu begleiten. Wenn es dort haarig wurde, hatte sie keine Ermittlungsbefugnis, deshalb war es nötig, einen zuständigen Wiener Kollegen an ihrer Seite zu haben. Für die Zeugenbefragung an sich wäre diese Maßnahme nicht notwendig, doch da es um Akteneinsicht ging, würde höchstwahrscheinlich die Rechtsabteilung eingeschaltet, und die Juristen wussten mit Sicherheit ganz genau über die Kompetenzen einer Ermittlerin aus einem anderen Bundesland Bescheid.

Sie bedauerte, dass Rosenwarter frei hatte, doch auf sein Angebot, ihn in seiner Freizeit zu beschäftigen, konnte sie in diesem Fall nicht zurückgreifen, selbst wenn sie gewollt hätte. Außer Dienst hatte er ebenfalls keinerlei Handlungsbefugnis.

21

Leo Feuerfuchs schluckte einige Male, als Luise Pimpernell vor dem Eingang der Versicherung auf ihn zutrabte. Sich mit dieser Schreckschraube öffentlich zu zeigen und dann auch noch, das stand für ihn fest, sich von ihr bevormunden lassen zu müssen, ging schwer an die Grenzen des Erträglichen für ihn.

»Haben Sie uns schon angemeldet?«, fragte sie statt einer Begrüßung.

»Nein. Ich wusste ja nicht, wann Sie kommen.«

»Ich sagte um drei, also bin ich auch um drei da. Gehen wir!«

Die Herren Neufels und König begrüßten Luise wie eine alte Bekannte, was den Feuerfuchs gleich wieder fuchste. Luise trug ihr Anliegen vor, und die beiden wurden wesentlich zurückhaltender. Wie erwartet wurde ein Jurist zugezogen. Und der stellte sich sofort quer.

Jetzt kam Feuerfuchs' großer Auftritt. »Es handelt sich um eine Morduntersuchung. Sie wissen selbst, dass wir in diesem Fall problemlos einen richterlichen Bescheid bekommen. Ihre Hilfe zum jetzigen Zeitpunkt würde uns allerdings eine enorme Zeitersparnis bringen.«

»Ich erkenne nicht, inwieweit dieser reine Versicherungsfall für Ihre Ermittlungen von Bedeutung sein könnte.«

»Das müssen Sie auch nicht«, mischte sich Oberst Pimpernell ein, und Feuerfuchs begann noch mehr zu leiden. »Wichtig ist, dass *wir* einen Zusammenhang sehen und in der Abwicklung ein Motiv liegen könnte. Darüber hinaus sind Sie an keine ethische Schweigepflicht gebunden, die Verzögerung der Herausgabe würde lediglich ein schiefes Licht auf die Praktiken Ihres Unternehmens werfen.«

Der Jurist verzog pikiert den Mund, er wechselte einen Blick mit Feuerfuchs, ob mitleidsvoll oder mitleidheischend war nicht klar zu trennen. Luises Augen blieben unverwandt auf sein Gesicht gerichtet. Er seufzte verhalten, nickte ergeben und wies Neufels an, die Ermittlungsbeamten mit den gewünschten Informationen zu versorgen. Daraufhin befreite er sich vom Anblick der Beamten, indem er sichtlich erleichtert das kleine Konferenzzimmer verließ.

Oliver Neufels klickte auf seinem Laptop herum und bat Luise, den Platz mit Marcel König zu tauschen und sich neben ihn zu setzen, damit sie alles gut sehen konnte. Feuerfuchs saß mit beleidigtem Gesichtsausdruck auf der anderen Seite des Tisches. Weder Neufels, noch die Pimpernell nahmen Notiz davon. Marcel König fragte ihn, ob er ihm einen Kaffee besorgen sollte, doch der Major hatte anscheinend ein Problem damit, seine Stimme zu kontrollieren. Er verneinte lediglich mit einem Kopfschütteln.

Es war kein umfangreicher Akt, in kürzester Zeit wurde klar, dass es für die Kulanz eine Weisung von oben gegeben hatte. Und zwar von Herrn Direktor Schachtmantler, und der war Luise gut bekannt, denn er nannte ein schickes Ferienhaus in unmittelbarer Nachbarschaft des Yachtclubs Schilfern sein Eigen. Eines, bei dem es ihres Wissens ebenfalls Undurchsichtigkeiten bei der Baugenehmigung gegeben hatte. Immerhin war es mitten in den Schilfgürtel gestellt worden, und der unterlag dem strikten Bauverbot der Europäischen Union für Naturschutzgebiete.

Was den Unfall bei Rübenstich betraf, war Luise so gut wie sicher, dass die Angelegenheit nicht abgeklärt, sondern nur unter den Tisch gekehrt worden war. Das Motto »Wo kein Kläger, da kein Richter« hatte in der Gemeinde schon oft für unbürokratische Lösungen gesorgt. Vermutlich gab es Übergangsbescheide, die so manche Kontrollinstanz immer wieder aushebelten, so lange bis alles eingeschlafen war. Und Schachtmantler hatte sein Scherflein dazu beigetragen.

Die Steinchen fielen für Luise von allein in ein Mosaik, das ein klares Bild ergab. Clemens Holzbauer hatte wohl im Zuge der Bearbeitung des Versicherungsfalles von dieser Konstellation Wind bekommen und, wie sie ihn zwischenzeitlich einschätzte, den Bürgermeister damit erpresst.

Für sie selbst genügte vorläufig die Information. Die Schlüsse, die sie daraus zog, musste sie an anderer Stelle absichern, falls dies notwendig werden würde.

Sie verabschiedete sich von Oliver Neufels und Marcel König, wedelte Feuerfuchs mit der Hand, ihr zu folgen und verließ forschen Schrittes das Büro der Versicherungsgesellschaft.

»Sollen wir den Akt jetzt mit Beschluss anfordern?«, fragte der Major, als er sie einholte.

»Sie brauchen gar nichts anfordern. Wenn, dann mache ich das schon selbst. Danke! Übrigens haben Sie einen tollen Mitarbeiter in Lukas Rosenwarter. Ich hoffe, Sie wissen das zu schätzen.«

Feuerfuchs kochte innerlich. Immer dasselbe mit der alten Fuchtel. Jedes Mal behandelte sie ihn wie ein kleines Kind, und immer gelang es ihr, dass er sich tatsächlich so fühlte. Aber der Dienstrang ...

Luise indessen räsonierte an anderer Stelle. Diese verdammte A4 und ihre Baustellen. War eine abgeschlossen, wurde das nächste Teilstück in Angriff genommen. Luise konnte sich nicht erinnern, dass es in den letzten Jahren keine Baustelle dort gab. Als sie in den um diese Zeit unvermeidlich scheinenden Stau kam, fiel ihr ein ganzer Haufen höchst undamenhafter Flüche ein. Sie vermehrten sich schlagartig, als es noch dazu in Strömen zu regnen begann.

Nervös trommelte sie auf das Lenkrad und versuchte, sich damit abzulenken, dass sie über das Erfahrene nachdachte. Dem Bürgermeister war so manche Gaunerei zuzutrauen, aber dass er gegen Holzbauer tätlich geworden war, konnte sie sich nicht vorstellen. Letztendlich war er ein feiger Hund, der halt an seinen nicht sehr sauberen Fädchen zog.

Ebenso verhielt es sich mit Schachtmantler. Der Herr Direktor war ebenfalls kein Typ für Handgreiflichkeiten. Bei ihm war überdies unwahrscheinlich, dass er mitten in der Nacht in Ludwiegs Hof aufkreuzte.

Nach wie vor sah sie den wesentlichen Schlüssel in der Antwort auf die Frage, wer im Anschluss an die Mädchen den nackten Holzbauer heimsuchen konnte. Weder der Bürgermeister noch der Versicherungsdirektor kamen ihrer Meinung nach dafür in Frage. Gut, sie war diesen Spuren nachgegangen, dazu war sie verpflichtet. Aber den Knoten hatten sie nicht zum Platzen gebracht.

Sie rief Grümpl an. Er klang erschöpft.

»In Schilfern gibt es nur mehr einen silbernen Golf mit einer mittigen Null im Kennzeichen, außer denen, mit deren Besitzerinnen du schon gesprochen hast. Er gehört eurem Gemeinderat Stukacs. Ich war dort, habe aber niemanden erreicht. Vielleicht kannst du beim Nachhausefahren noch einmal bei ihm vorbeischauen? Ich habe mir dann die in Neusiedl vorgenommen. Es war nicht eine Blondine dabei. Morgen mache ich in den anderen Ortschaften weiter. Für heute habe ich einfach genug!«

»Gut, geh nach Hause! Wenn es im Büro nichts Neues gibt, dann fahre ich auch gleich heim. Die Frau vom Stukacs ist übrigens nicht blond.« Sie erzählte ihm noch rasch, was sie bei der Versicherung erfahren hatte.

»Moment, dazu fällt mir etwas anderes ein.« Grümpl war sofort wieder mitten im Geschehen. »Der Stukacs hat Dacharbeiten bei Rübenstich gemacht. Das habe ich im Akt gelesen.«

»Das ist ja interessant! Vornehmlich, da in dem Versicherungsakt kein Wort von Stukacs stand.«

»Es wurde nachträglich ein Unternehmer aus der Slowakei ins Spiel gebracht. Der Mann gab eidesstattliche Erklärungen ab, dass er den Verunglückten als Subunternehmer vermittelt hatte, er in dieser Funktion auf dem Dach war, und beide konnten hier in Österreich nicht weiter belangt werden. Es gibt keine Auslieferung dafür. So was glaubst du ja nicht. Bei uns klagt solche Fälle die Staatsanwaltschaft an. Aber bei den Nachbarn? Den Arbeitsvermittler kenn ich aber zufällig. Der bringt im Herbst Arbeiter für die Weingärten her, und die sind bestimmt nicht alle angemeldet. Mit Dacharbeiten hatte der bisher jedoch nichts zu tun.«

»Das wird ja immer besser. Da öffnete sich natürlich ein weites Feld für den windigen Herrn Holzbauer, um sich in vorteilhafte Positionen zu bringen.«

»Übrigens arbeiteten die auch in den Weingärten eures Bürgermeisters.«

»Wieso verwundert mich das nicht wirklich?«, antwortete Luise ironisch. »Ich glaube, dem Herrn Gemeinderat statte ich jetzt doch noch einen Besuch ab. Er wohnt gegenüber der Familie Ludwieg, und ich will mit dem Lois sowieso wegen des Alibis vom Bürgermeister sprechen. Da werde ich ihn auch gleich nach Stukacs fragen. Denn der ist bestimmt ebenfalls im Jagdverein. Danke! Mach dir einen angenehmen Abend! Es könnte unruhig werden morgen.«

22

Gerade als Luise Pimpernell bei Stukacs klingeln wollte, hörte sie jemanden ihren Namen rufen. Ein paar Häuser weiter stand Gitta Lehnbichler zwischen Auto und Haustor mitten auf dem Gehsteig und winkte ihr mit rudernden Armen zu.

Die hatte aber abgenommen. Luise hätte sie beinahe nicht erkannt. Als sie Lottes Freundin zum letzten Mal gesehen hatte, war sie mollig gewesen. Sehr. Das war sie eigentlich schon von Kind an. Auch die Frisur war anders. Hatte sie früher einen brünetten Kurzhaarschnitt, fiel ihr das Haar nun hellblond gebleicht in glatten Fransen auf die Schultern.

Ein kurzes Röckchen und hochhackige Schuhe sollten den Eindruck langer Beine erwecken, zeigten aber lediglich, dass diese ein bisschen krumm waren. Ein tief ausgeschnittenes, enges Top zog den Blick so vordergründig auf einige Wülste zwischen Busen und Taille, dass der erschlankte Rest des Körpers ins Hintertreffen geriet. Als Gitta näher kam, wurde zusätzlich das ziemlich auffallende Make-up erkennbar.

Luise verglich das Erscheinungsbild Gittas automatisch mit dem ihrer etwa gleichaltrigen Freundin. Lotte schnitt in ihren Augen eindeutig besser ab, auch wenn Luise sich keineswegs als Maßstab für moderne junge Frauen ansah. Aber allein die Ausstrahlung, die Lieselotte Burger hatte – einfach frisch und lebensfroh. Und hier schien alles so krampfhaft auf jugendlich getrimmt und verkehrte sich genau dadurch eigentlich ins Gegenteil.

Nein, Gitta hatte in ihren Augen nicht gewonnen durch ihr neues Styling, wie man das wohl nannte. Aber jetzt fiel es der Pimpernell wieder ein – die Lehnbichlers hatten sich erst kürzlich scheiden lassen. Da kamen Frauen häufig auf die Idee, ihren Typ zu verändern.

»Ich wollte Sie fragen, ob Sie schon etwas wissen, wegen Clemens«, rief Gitta bereits im Näherstöckeln.

»Das kommt darauf an, was«, antwortete Luise kryptisch und schmunzelte anzüglich.

»Na, wer die Mörderin ist.«

»Die Mörderin? Wieso meinst du, dass es eine Frau war?«

»Lotte hat irgendetwas in der Art gesagt, dass es wohl eher eine Frau war, die den Gutesten um die Ecke gebracht hat.«

Das fand die Pimpernell nun aber höchst interessant. »Du kanntest Clemens Holzbauer ebenfalls?«

»Ja natürlich, wir sind manchmal miteinander beim Heurigen gewesen. Ich glaube, Lotte hat ihn sogar erst durch mich kennengelernt.«

»Hattest du eine lose Bekanntschaft mit ihm? So wie Lotte? Warst du auch so ein Schiff, das bisweilen des Nächtens den Holzbauer-Kahn kreuzte?«

Die Frau runzelte die Stirn. Sie verstand offensichtlich die Anspielung nicht. »Nun ganz so lose war die Beziehung der beiden auch wieder nicht, wie Sie sagen«, erwiderte sie gedehnt. »Zumindest sah Lotte das nicht gern so«, ergänzte sie mit boshaftem Unterton in der Stimme.

Die Frau Oberst spitzte sofort die Ohren. Irgendetwas an dem Tonfall von Gitta gefiel ihr nicht. Die wollte ihr anscheinend etwas vermitteln. Aber sie war Lottes Freundin. Als solche konnte sie doch nicht daran interessiert sein, in der Ermittlerin Zweifel zu schüren. Also, was wollte sie loswerden?

»Der Clemens war ein Flughund. Das hat Lotte manchmal sehr zu schaffen gemacht. Als er heuer hier aufgetaucht ist und sich bei ihr nicht gemeldet hat, war sie fuchsteufelswild. Wir haben uns deshalb am Freitag bei mir einen angezwitschert.«

»Aha. Das habe ich ein wenig anders gehört.«

Die Blondierte lächelte maliziös. »Ich sollte wohl nicht darüber tratschen ...«

Warum tat sie es dann, fragte sich Luise erneut.

»Eigentlich stand Clemens ja eher auf mich. Aber da er mit meiner besten Freundin liiert war, habe ich mich natürlich zurückgehalten.«

Bei solchen Freunden braucht man keine Feinde, war Luises innerer Kommentar.

»Sie werden verstehen, dass dies eine äußerst schwierige Situation für mich war. Ich war immerhin die Einzige, bei der sie ihr Herz ausschütten konnte.«

Beim besten Willen war es Luise nicht möglich, sich vorzustellen, dass die fröhliche und lebenslustige Lieselotte Burger irgendwo wegen eines solchen Typen ihr Herz ausschütten musste. Und schon gar nicht bei dieser derart aufgebrezelten Gitta. Aber Frauenfreundschaften hatten manchmal ganz eigene Kriterien. Das hatte sie bereits mehr als einmal feststellen müssen.

»Und Holzbauer? Hat der sich auch zurückgehalten?«

Gitta lachte. »Sie kannten den offensichtlich nicht. Clemens war keiner, der sich bei irgendetwas zurückhielt. Aber ich habe mich natürlich nicht darauf eingelassen. Das hat ihn zeitweilig ganz schön wütend gemacht. Vor allem auf Lotte. Deshalb wollte er die Beziehung auch beenden. Und scheinbar hat er vorgehabt, ihr das heuer gleich von Beginn an klarzumachen.«

»Und warum erzählst du mir das jetzt? Glaubst du, dass Lotte etwas mit seinem Tod zu tun hat?«, fragte die Pimpernell mit aufreizender Freundlichkeit.

»Nein, wo denken Sie hin! Ich ... ich ... ja, ich weiß eigentlich gar nicht, wie ich da jetzt darauf gekommen bin. Wahrscheinlich haben Sie mich mit Ihrer raffinierten Befragung dazu gebracht.«

Ah ja, dachte Luise. Doch selbstverständlich stellte sie nun die einzig wirklich interessante Frage in diesem Zusammenhang. »Wann ist Lotte denn von dir nach Hause gegangen? Erinnerst du dich?«

»Es war noch nicht spät. So Viertel eins, vielleicht halb. Aber sie hatte zu rasch getrunken und ging deshalb früher als üblich.«

»Hast du nichts bemerkt um diese Zeit in der Straße?«, fragte Luise.

»Nein, ich musste aufs Klo, habe ihr nur kurz hinterhergeschaut. Aber da war die Gasse menschenleer. Ich bin auch gleich schlafen gegangen. Hab von der ganzen Aufregung nichts mitbekommen, sondern erst in der Früh davon gehört, was passiert ist.«

Nachdenklich ging Luise die paar Schritte zurück zum Haus der Stukacs. Bevor sie anläutete, zog sie ihr Notizbüchlein aus der Brusttasche ihrer Bluse und notierte sich die Zeitangabe, die Gitta Lehnbichler gemacht hatte.

Warum hatte Gitta ihr das alles erzählt? Sie schien es direkt darauf anzulegen, Lotte verdächtig erscheinen zu lassen. Die langjährige Freundin, die sich sogar angeblich bei ihr ausweinte. Ging es um Rivalität unter Frauen? Oder war es persönlicher Frust, dem sie ein Ventil geben wollte? Stellte sie sich dadurch nicht ebenfalls unter Verdacht?

Luise tat sich schwer damit, in Lotte die Täterin zu sehen. Aber ließ sie sich nicht vielleicht von der angenehmen Erscheinung und ihrer Sympathie beeinflussen? Hatte sie in diesem Fall nicht schon einige Male aus vorgefassten Meinungen Fehlschlüsse gezogen? Sie schüttelte den Kopf, als könnte sie dadurch ihre Gedanken wie in einem Kaleidoskop an anderen Stellen positionieren.

Nach wie vor kam es ihr seltsam vor, dass um diese Zeit niemand in der Gasse jemanden gesehen oder gehört hatte. Es war noch nicht wirklich spät gewesen. Die Mädchen waren lärmend abgezogen. Ein Taxi hatte vor dem Haus gebrummt. Die angesäuselte Lotte war bestimmt auch nicht leise gewesen, als sie sich vor Gittas Haustor von der Freundin verabschiedete. Doch die Befragungen der Anrainer hatte nur idyllische Stille in der Gasse ergeben.

Dass wirklich alles so nahtlos ineinander geflossen war, das war schon ein enormer Zufall. Der dem Täter, oder der Täterin, offensichtlich hineingespielt hatte.

Sie ließ die Aussagen der Frauen Revue passieren. Eine von ihnen sprach nicht die Wahrheit. Doch welche? Sie musste unbedingt neutral bleiben.

Luise Pimpernell drehte sich noch einmal um. Gitta hatte zwar keinen silberfarbenen Golf, aber einen mattweißen. Und die Nummer war ND 780 BRL.

Rosenwarter hatte gesagt, der Zeuge sei bereits ein älterer Herr. Er könnte doch auch etwas ein bisschen verdreht haben. Die dauernde Beteuerung von Lottes Freundin, dass sie nichts mit Holzbauer hatte, machte dies in den Augen der Ermittlerin nämlich besonders unglaubwürdig.

23

Dachdeckermeister Johann Stukacs war ein vierschrötiger Mann, der sehr laut und unangenehm wurde, wenn er zu viel getrunken hatte. Und das hatte er des Öfteren. Sein Gesicht war meistens stark gerötet, sein Hals versank in einem üppigen Doppelkinn, seine Schultern schienen aus einem Guss mit einem beeindruckenden Stiernacken.

Auch Stukacs war mit Luise zur Schule gegangen. Sie konnte ihn von damals her schon nicht ausstehen. Er war dort bereits ein Stänkerer gewesen.

Frieda Stukacs erschrak sichtlich, als sie die Tür öffnete. Luise gab ihr nicht die Zeit, sich zu erholen, und fragte: »Ist der Hans da?«

Die Frau sah sich um, als würde sie Rat suchen, was sie sagen sollte. Bevor sie sich für eine Antwort entschied, befreite Luise sie aus ihrer Zwangslage. »Ich muss ihn sprechen«, forderte sie forsch.

»Wir essen gerade«, versuchte Frieda dennoch abzuwiegeln.

»Ich halte euch nicht lang auf.« Luises Ton wurde ungehalten. Sie schob die Frau einfach zur Seite und marschierte auf die Küche zu.

Stukacs saß vor einem Berg Fleischknödel mit Sauerkraut und einem riesigen Bierglas. Als er die Pimpernell sah, zog sich seine Stirn an der Nasenwurzel zusammen. »Ich bin beim Essen«, blaffte er die Besucherin an.

»Iss weiter. Mich stört das nicht«, antwortete Luise gelassen.

»Aber mich!«, bellte er.

»Okay. Wenn es dir lieber ist, lasse ich dich nach Eisenstadt vorladen.«

Er schaufelte einen halben Knödel in sich hinein und kaute wild darauf herum. »Was willst du überhaupt?«, fragte er dann mit vollem Mund und spuckte dabei kleine Stückchen auf seinen Teller.

Luise musste den Blick abwenden, aber sie setzte sich tapfer neben Frieda an den Tisch.

»Willst was trinken?«, fragte Frieda schüchtern.

»So lang bleibt sie nicht«, beschied ihr Ehemann und schob die nächste Knödelhälfte hinter seine Zähne.

»Es geht um Clemens Holzbauer«, begann Luise.

»Das war mir klar. Also komm zur Sache. Ich hab mit dem nichts zu tun gehabt.«

»Nein? Und wie war das mit dem Versicherungsfall bei Rübenstich?«

»Nichts war da. Da gab es Falschmeldungen. Die wurden korrigiert.«

»Falschmeldungen nennst du das? Wenn einer deiner Schwarzarbeiter vom Dach fällt.«

Stukacs erhob sich ein wenig und fuchtelte mit der Gabel in der Luft herum. »Ich beschäftige keine Schwarzarbeiter. Also kann das auch nicht meiner gewesen sein.« Er ließ sich wieder auf den Sitz zurückfallen und widmete sich dem nächsten Knödel. »Es handelte sich um einen Subunternehmer aus der Slowakei. Der Mann war nur hier, weil er sich die Arbeit ansehen wollte.«

Luise musste sich zusammenreißen, um ihren Spott nicht offensichtlich werden zu lassen. »Subunternehmer, so, so. Im Arbeitsgewand.«

Wieder hob Stukacs seinen Hintern ein wenig von der Bank und fuhrwerkte mit dem Besteck in ihre Richtung. »Ja, Subunternehmer. Glaubst, der steigt im Smoking aufs Dach, um sich einen Job anzuschauen? Was gibts da blöd zu grinsen?«

»Nichts, da hast du Recht. Da ist nichts Lustiges dran. Und Holzbauer hat euch erpresst, als er auf die Macheloikes draufkam?« Eigentlich rechnete Luise damit, dass der Dachdeckermeister nun noch wütender aufspringen würde. Doch der schob den nächsten Knödelteil in sich hinein.

»Der kleine Buschprunzer. Der konnte niemanden erpressen.« Er spuckte mit der Antwort erneut auf seinen Teller. »Und mehr habe ich dazu nicht zu sagen. Mit dem Mord habe ich außerdem überhaupt nichts zu tun. Ich war im Jagdverein und bin erst nach drei Uhr nach Hause gekommen. Stimmts Frieda?«

Die Angesprochene nickte sofort.

»Mit welchem Mord?«, fragte Luise salbungsvoll.

»Na, bist du von der Mordkommission oder nicht?«

»Nein, ich bin von der Abteilung für Schwerverbrechen an Leib und Leben.«

»Halt mich nicht mit Spitzfindigkeiten auf. Ich hab mit dem nichts zu tun. Und meine Alte hat er auch nicht gevögelt.«

Frieda zuckte zusammen und griff nach dem Wasserglas, das neben ihrem Teller stand.

»Wessen Frau schon?« Luises Ton blieb zuckersüß.

»Vermutlich jede zweite hier im Ort. Aber meine war halt die erste dazwischen. Wahrscheinlich hat er sich das absichtlich so eingeteilt.« Er schlug sich auf den Schenkel und lachte brüllend los.

Luise ließ den Kotzbrocken nicht aus den Augen, deshalb spürte sie nur, wie Frieda sich neben ihr krümmte. Am liebsten hätte sie ihre Hand auf die der Frau gelegt. Aber letztendlich war sie mit ihm verheiratet und sie würde ihre Gründe dafür haben, warum sie ihn nicht schon längst verlassen hatte.

Frieda Heinrichs war eine hübsche, zierliche Frau gewesen, mit außergewöhnlich schönen dunklen Haaren und Rehaugen. Jetzt im Älterwerden schlug ihre Zartheit in Verhärmtheit um. Ihr stumpfes graues Haar wurde mit einem Reifen aus dem Gesicht gepresst und am Hinterkopf in einen kleinen Dutt gedreht. Die Augen lagen tief und hatten dunkle Ringe.

Sie hatte einen Haufen Geschwister, und soweit sich Luise erinnerte, war in ihrer Kindheit einiges an Gerüchten über die Familie im Umlauf. Der Vater hatte Frau und Kinder regelmäßig geschlagen. Sie wohnten auf ein paar armseligen Kammern in einem Gemeinschaftshof, zusammen mit anderen besitzlosen Familien, und Luises Mutter hatte die ausrangierte Kleidung ihrer Sprösslinge oft an die Heinrichs weitergegeben. Da alle drei Geschwister sie meistens bereits getragen hatten, war sie zu diesem Zeitpunkt dementsprechend schäbig. Aber Luise hatte Frieda regelmäßig mit ihren abgelegten Kleidern gesehen. Oft waren sie schon so zerfranst, dass sie sie beinahe nicht mehr erkannt hatte. Solche Frauen mussten ein Magnet für Männer wie Stukacs sein, dachte Luise, konnte sich bei diesem Gedanken jedoch nicht aufhalten.

»Ich werde dein Alibi überprüfen«, kündigte sie an und stand auf.

»Was willst du?«, schrie der Mann und fuhr nun ganz in die Höhe. Wieder fuchtelte er mit der Gabel wild in der Luft herum.

Luise tippte mit dem Finger an ihre Stirn. »Willst du mir drohen?« Sie schüttelte den Kopf, überließ das ungleiche Paar ihrer ehelichen Abendgestaltung und ging über die Straße, um Lois Ludwieg nach den Alibis von Rudi Weisz und Hans Stukacs zu befragen.

24

Auch Margret Ludwieg war sichtlich nicht erfreut über Luise Pimpernells neuerlichen Besuch. »Lois ist noch nicht da«, informierte sie mürrisch und wandte sich dem Inhalt ihrer Kochtöpfe zu.

Die alte Frau Ludwieg freute sich jedoch, und rief sofort: »Luiserl! Lang nicht gesehen. Wie geht es deiner Mutter?«

»Danke gut, sie lässt Sie auch schön grüßen«, antwortete Oberst Pimpernell artig.

»Setz dich her. Erzähl mir etwas. Was macht dein Mann?«

»Ich habe keinen Mann, Frau Ludwieg.«

Die alte Frau neigte sich verschwörerisch zu Luise und flüsterte: »Ich hab dich doch schon mit ihm gesehen. Das war aber nicht der Anton, gell. Brauchst keine Angst zu haben, ich erzähl nichts. Ich erzähl nie was. Was glaubst, was da alles rauskommen tät.«

»Mutter!« Margret drehte sich heftig um, ihre Stimme war schrill.

»Ich erzähl nichts«, wiederholte die Frau und zog den Hals ein wenig ein. Ihre alten Äuglein glitzerten listig. »Gestern war ich auf dem Friedhof«, plauderte sie weiter.

»Du warst schon zwei Wochen nicht aus dem Haus, weil du erkältet warst«, verbesserte sie ihre Schwiegertochter.

»Auf dem Friedhof«, wiederholte die Frau unbeirrt. »Ich hab neue Blumen gesetzt für den Alois.« Sie nestelte mit den Händen am Knoten ihres Kopftuches und lächelte bei der Erinnerung. »Schöne Blumen. Weißt du, Luiserl, die Blumen sind wichtig auf dem Grab. Sonst glauben die Leute, unsere Ehe war nicht gut.«

Margret verdrehte die Augen und deutete Luise, nicht weiter darauf einzugehen.

»Aber der Alois war ein guter Mann. Ein guter Mann.«

Die Schwiegertochter seufzte und drehte sich wieder zu ihrem Herd um.

Luise verstand. Alois Ludwieg senior war ein begnadeter Trinker vor dem Herrn gewesen, wie so viele im Beruf des Weinbauern. Die alte Frau Ludwieg hatte kein leichtes Leben neben ihm gehabt. Jetzt plapperte sie weiter vor sich hin. »Und unser Lois ist ein guter Mann. Wie sein Vater. Ich sag nix. Nein, ich sag nix.«

»Ich hab auch an dich noch ein paar Fragen«, wandte sich die Pimpernell an die Hausfrau, die sichtbar die Schultern hochzog, sich aber nicht umdrehte.

»Wie war eigentlich dein Verhältnis zu dem schönen Clemens?«

»W-welches Verhältnis?«, stotterte Margret.

»Ich möchte wissen, wie du mit ihm zurechtgekommen bist. Er war ja wohl ein richtiger Weiberheld. War er hinter dir nicht hintennach?«

»Hinter mir?«, wiederholte Margret mit gepresster Stimme in ihren Kochtopf hinein. »Wieso hinter mir?«

»Nun, er schien ein Faible für Blondinen gehabt zu haben.«

»Aber ... aber ... er war ja doch viel jünger als ich.«

»Was ich bisher erfahren habe, war dies kein Kriterium. Und? Was war jetzt? Hat er dich angebraten, oder nicht?«

»N-nein. Natürlich nicht. Ich kannte ihn nicht sehr gut. Eher der Lois.«

Luise überlegte. In diese Richtung gehend, hatte sie zwar noch nichts gehört, aber dennoch drängte sich ihr die Frage im Augenblick förmlich auf: »Und deine Töchter?«

Margret fuhr herum wie vom wilden Schwein gebissen. »Meine Töchter!«, krächzte sie nach Atem ringend und ihr Gesicht wurde erst rot, dann blass. Und wieder rot. »Ja, spinnst denn du?«

»Nun, sie sind hübsche Dinger. Und ich glaube nicht, dass der Typ große Skrupel hatte.«

Margret fehlten die Worte. Sie presste eine Faust an den Mund und ihre Augen wanderten ziellos in der Küche herum, fanden nirgends Halt. Mit der anderen Hand hielt sie sich am Herd in ihrem Rücken fest.

»Du weißt also nichts? Aber – hast du überhaupt darauf geachtet?«

»Da gabs nichts«, stieß die Frau heraus. »Deine kranken Gedanken möchte ich nicht haben!«

Die Pimpernell ließ das Thema fallen. Es kam ihr selbst ein wenig konstruiert vor. Aber ganz aus den Augen wollte sie es nicht verlieren. Immerhin ergäbe sich daraus ein starkes Motiv für Lois. Vielleicht sollte sie schon auch mit den Mädchen sprechen. Doch für den Augenblick wollte sie Margret nicht zusätzlich aus der Fassung bringen.

»Wusstest du etwas von seinen Affären hier im Ort? Hinter wem er her war?« Sie zögerte kurz. »Oder umgekehrt«, ergänzte sie dann.

»Nein. Ich w-weiß v-von niemandem. Was geht das alles mich an? Ich hab andere Sorgen. Lass mich endlich in Ruhe!«

»Und du hast in der Nacht damals nichts gehört? Er hatte

Mädchen mitgebracht, und die dürften ziemlich Lärm im Hof gemacht haben.«

»Mädchen? Davon weiß ich nichts. Ich hab offenbar schon geschlafen.«

»Warst du die Letzte, die nach oben gegangen ist? Waren da die Kinder bereits im Bett? Und die Mutter?«

Sofort sprang die alte Frau Ludwieg auf das Stichwort an. »Ich sag nix. Das wär überhaupt nicht gut, wenn ich was sagen tät.«

»Mutter, bitte! Hör endlich damit auf«, herrschte Margret ihre Schwiegermutter an und fuchtelte ärgerlich mit dem Kochlöffel in ihre Richtung.

Die schüttelte verzweifelt den Kopf. »Aber ich sag doch nichts«, versicherte sie erneut.

Margret entfuhr ein Ächzen, sie warf Luise einen entnervten Blick zu. »Manchmal halte ich das alles einfach nicht aus«, stammelte sie, und Tränen schossen ihr in die Augen. »Ich ... ich ...« Sie drehte sich wieder um und rührte mit wackelndem Kopf und zuckenden Schultern mechanisch in einem der Töpfe herum.

Wie schon neulich verspürte Luise Mitleid mit der Bäuerin in sich aufsteigen. Sie wusste aus eigener Erfahrung, dass es kein Honigschlecken war, in einem Weinbaubetrieb zu arbeiten. Dazu noch die Ferienwohnung und die beiden Halbwüchsigen, die nicht nach großer Hilfe, eher nach Belastung ausgesehen hatten.

Weiters ein derber Ehemann, von dem man sich so einiges im Dorf zu erzählen wusste, und die demente alte Frau als besondere Draufgabe. Nichtsdestotrotz wiederholte sie ihre Frage, wenn auch sehr sanft. »Noch einmal: Warst du die Letzte, die nach oben gegangen ist?«

»Ja.«

»Und wann war das?«

»Ich weiß es nicht mehr genau. Vielleicht so um elf herum.«

»Drehst du dich bitte um, wenn du mit mir sprichst«, bat die Pimpernell leise, aber bestimmt.

Margret fuhrwerkte mit beiden Händen in ihrem Gesicht herum, wandte sich ganz langsam mit fleckigen Wangen und roten Augen um, sah jedoch sofort zu Boden.

»Und wieso brannte dann um Mitternacht noch Licht in eurer Küche?«, fragte Luise und beobachtete die Frau aufmerksam.

Es dauerte ein bisschen, bis die antwortete, sie schnupfte ein paarmal auf und fuhr sich wieder mit den nackten Handrücken über die Nase. Ein Blinzeln und ein leichtes Kopfwackeln begleiteten den Seufzer, der sich aus ihrem Mund rang. Ihr Blick blieb gesenkt. »Weil – weil Lois noch nicht zu Hause war. Da lasse ich gerne vorne das Licht brennen.«

Besagter Lois betrat die Küche, grunzte gereizt, als er seine echauffierte Frau sah, doch hellte sich seine Miene auf, als er Luise erkannte. »Gibts schon was?«, fragte er mit interessiert hochgezogenen Augenbrauen.

»Es gibt jede Menge Spuren«, wich die Pimpernell aus. »Ich hab nur ein paar Fragen an dich. Weißt du, ob der Bürgermeister die ganze Zeit beim Jagawirt war? Hast du ihn gesehen?«

»Ja, der war da. Der war auch noch da, als ich gegangen bin. Ich glaub, der war sogar noch dort, als ich ihn dann angerufen hab.«

»Wieso bist du eigentlich so zeitig gegangen?« Luise fiel ein, dass Rudi Weisz das als ungewöhnlich angesehen hatte.

»Ich hab Schädelweh gehabt. Aber wie. Ich hab das von Zeit zu Zeit. Und dann hilft absolut nix dagegen. Da war mir der Wirbel dort einfach zu viel.«

»Und trotzdem wolltest du mit dem Clemens noch ein Glasl trinken?«

Lois schüttelte stirnrunzelnd den Kopf. »Nein, wie kommst du darauf?«

»Du hast gesagt, du bist zu ihm nach hinten gegangen, weil ihr öfter ein Glasl miteinander getrunken habt.«

»Ja, weil du gefragt hast, ob wir gut miteinander waren. Nach hinten bin ich gegangen, weil ich gesehen hab, dass das Licht brennt und die Tür offen ist. Aber ich hätte nur ein paar Wörter mit ihm geredet, gefragt, wie es ihm bei den Bewerben ergangen war.«

Luise nickte. Schon wieder hatte sie etwas interpretiert. Das war ihr gar nicht recht.

»Und der Stukacs?«

»Was ist mit dem?«

»Wie lang ist der geblieben?«

»Puh, schwer zu sagen. Aber der ist einige Zeit vor mir gegangen. Der geht meistens früher.«

»Er hat gesagt, er ist erst um drei nach Hause gekommen.«

Der Lois grinste plötzlich.

»Ich sag nix. Nein, von mir erfährt keiner was. Brauchst keine Angst haben, Luiserl«, warf die alte Frau Ludwieg ein.

Ihr Sohn wedelte abfällig mit der Hand und sah mit einem abwehrenden Achselzucken zu seiner Frau hin. Dann beugte er sich zu Luise. »Der war sicher im Puff«, flüsterte er.

»Brauchst nicht zu flüstern. Ich sag nix«, beruhigte ihn seine Mutter.

»Weißt du, wo er dann hingeht? Ins *Roxy?*«, fragte die Pimpernell nach.

Lois nickte. »Soweit ich weiß.«

Diesmal drehte sich Margret mit bitterbösem Blick um. »Du weißt es nur zu gut«, giftete sie ihren Mann an.

»Und du hältst dich da besser raus«, gab er scharf zurück.

»Ich sag nix. Nein, ich sag sicher nix. Das wär nicht gut«, sang die alte Frau Ludwieg ihr Liedchen dazu.

Luise seufzte. Dem gemütlichen Abend wurde immer noch ein Riegel vorgeschoben und noch einer. Jetzt musste sie wohl oder übel in die Roxy-Bar fahren. Sie bereute, dass sie Grümpl heimgeschickt hatte, aber das konnte nicht warten. Der Zeitpunkt war der günstigste für einen Besuch in dem Etablissement. Sonst wäre ein Tag verloren.

Auf dem Weg zu ihrem Auto räsonierte sie vor sich hin. Sie musste auch noch in der Dienststelle vorbeifahren und sich das Foto des Gemeinderates von der Webseite des Ortes ausdrucken. Sie zweifelte zwar nicht daran, dass er in der *Roxy* bestens bekannt war, aber sicher war sicher. Die Roxy-Bar lag mehr als fünf Kilometer nach Guid an der freien Landstraße. Sie würde sich ärgern, wenn sie die Strecke zweimal hin und her fahren müsste.

Verdrossen ging sie auf ihren Wagen zu. Dahinter parkte ein silbergrauer Golf mit dem Kennzeichen ND 407 AZI. Das musste der von Stukacs sein. Seltsam, den hatte sie vorher gar nicht gesehen. Irritiert blieb sie neben ihm stehen. Der war mit Sicherheit nicht dagewesen. Aber beide Stukacs waren zu Hause gewesen, als sie ankam. Wer konnte noch mit ihrem Auto gefahren sein? Soviel sie wusste, hatten sie einen Sohn.

Nein, rief etwas in ihr. Bitte keine blonde Schwiegertochter. Sie hatte echt genug von den Blondinen des Clemens H.

25

Der baumlange Kerl in schwarzem Leder, der auf ihr Klingeln öffnete, starrte sie äußerst belämmert an. Bevor er eine blöde Bemerkung machen konnte, hielt ihm Luise den Dienstausweis unter die Nase. Er verzog das Gesicht zu einem dümmlichen Grinsen, trat aber sofort zurück und ließ die Beamtin in den schmalen Vorraum der Roxy-Bar eintreten, wo sich nebst Toiletten auch eine Garderobe befand. Seine Hand machte dabei eine unscheinbare Bewegung zu der Portiere an der Seite hin. Doch mit einer Schnelligkeit, die der Frau Oberst wohl niemand so leicht zutraute, fing sie den Arm des Typen ab und lüftete den Vorhang.

Ein Klingelknopf wurde sichtbar.

Mit spöttischem Grinsen zog sie den Mann weiter. Er schüttelte ihre Hand ab, trottete jetzt jedoch brav neben ihr her.

Im Hintergrund führte eine Treppe in das Obergeschoß und eine gepolsterte Flügeltür in einen großen quadratischen Raum. Dieser war in Pink und Chrom gehalten, an den Seitenwänden erkannte Luise Nischen, die derzeit allerdings nur vereinzelt besetzt waren. Über die Stirnwand verlief eine verspiegelte Bar, an der mehrere leichtbekleidete Mädchen saßen. In der Mitte war eine freie Fläche, drei hohe Stangen stiegen aus kleinen glitzernden Podesten. Derzeit tanzten allerdings keine Mädchen daran. Über allem drehte sich eine Discokugel.

Luise trabte mit weit ausholenden Schritten auf die Bar zu. Der Türsteher hatte beinahe Mühe, mit ihr auf einer Höhe zu bleiben.

Die Bartenderin zwinkerte den Damen an ihrer Theke zu, und wie ein Ballett drehten sich alle gleichzeitig zu der Besucherin um. Verblüffung bis Häme breitete sich auf den Gesichtern aus.

»Na, Mutterl, suchst deinen Alten?«, fragte eine Rothaarige, die auf ihrem sonst blanken Busen lediglich zwei glitzernde Quasten hängen hatte.

»Bringt ihn zu Hause wohl nicht mehr in die Höhe«, vermutete eine Blondine, deren falsche Wimpern so lang waren, dass sie beinahe ihre Augenbrauen verdeckten.

»Oder ist das Söhnchen nicht rechtzeitig an den Mutterbusen heimgekommen«, feixte ihre Nachbarin mit nicht näher definierbarem Akzent und spitzte gespielt mitleidig die dunkellila geschminkten Lippen.

Luise nahm eine winzige Bewegung an ihrer Seite wahr, die von dem Lederigen ausging, und das laute Lachen und die Gesten der Girls wirkten auf einmal, als sollten sie die Aufmerksamkeit auf sich ziehen. Eines der Mädchen sprang vom Hocker und kam freundlich lächelnd und mit abwertenden Handbewegungen, die ihren Kolleginnen galten, auf die Beamtin zu. Die beiden, die ganz außen saßen, rutschten geschmeidig von ihren Hockern und wollten hinter einem Vorhang verschwinden. Und auch in den Nischen entstand Bewegung.

»Halt!«, rief die Pimpernell und hielt nochmals ihren Ausweis in die Höhe.

Die erschrockenen Mienen der Mädchen sprachen Bände.

»Ihr könnt ruhig alle dableiben, ich bin nicht von der Sitte. Ich brauche ein paar Auskünfte von euch. Und je schneller ich die bekomme, desto schneller bin ich wieder weg.«

Die Gesichter entspannten sich keineswegs.

Offensichtlich gab es auch hinter der Bar einen Alarmknopf, denn ein mittelgroßer, glatzköpfiger Mann in einem dunklen Anzug trat vor den Vorhang. Auf dem schneeweißen T-Shirt, das er unter dem Sakko trug, glänzten einige dicke Goldketten. »Kommen Sie bitte in mein Büro«, bat er mit deutlich erkennbarem norddeutschen Akzent.

»Nein«, antwortete Luise trocken.

»Ich habe ein paar Fragen an die Damen. Sie dürfen gerne hierbleiben. Vielleicht können Sie auch etwas beitragen«, beschied sie ihm dann gnädig. » Ich habe ein Tötungsdelikt aufzuklären «, erklärte sie weiter.

Seltsamerweise schien diese Auskunft die Anwesenden eher zu beruhigen. Sie würde wohl ihrem Kollegen Ruhpoldinger in der Abteilung Drogenbekämpfung einen kleinen Wink geben müssen.

Sie holte ihre Ausdrucke heraus und kam zum Kern ihres Besuches. Wie erwartet, war Johann Stukacs hier bestens bekannt. Und zu ihrem persönlichen Leidwesen bestätigten einige der Damen, dass er in der Nacht von Freitag auf Samstag von circa elf bis nach zwei Uhr anwesend gewesen war.

Sie konnte sich die Fragen nicht verkneifen und erkundigte sich auch nach dem Bürgermeister und nach Lois Ludwieg. Natürlich, sie hatte ja damit gerechnet, waren die beiden Herren im Etablissement ebenfalls wohlbekannt – wie wahrscheinlich der Großteil des Jagdvereins. Am Freitag jedoch waren sie nicht hier gewesen.

Leere Kilometer also.

Nun aber hielt sie nichts mehr von ihrem Zuhause fern. Da es immer noch stark regnete und dadurch früher dunkel geworden war, musste sie auf ihren Spaziergang verzichten. Sie ließ deshalb alles, was sie heute erfahren hatte, unkommentiert in sich absacken und verwendete die Fahrt nach Hause zu nichts anderem, als Distanz zwischen den Job und ihre nun endlich beginnende Freizeit zu bringen.

Als sie ihr Hoftor aufsperrte, war ihr dies gelungen.

26

Der nächste Morgen bescherte Luise Pimpernell das Gefühl, dass sie an diesem Tag ihren Fall lösen würde. Sie konnte nicht erklären, woher es kam. Eigentlich waren bisher alle Spuren im Sand verlaufen. Dennoch war dieses Empfinden da.

Dementsprechend aufgekratzt fegte sie in Grümpls Büro. Sie stellte ihm ein kleines Packerl mit Balasn auf den Tisch, die sie gestern Abend gemacht hatte. Sie wusste, dass er sie sehr gerne aß und auch dass ihre ausnahmsweise besser waren als die von seiner Frau.

»Was ist mit dir los?«, fragte der Inspektor sofort. »Du bist aber gut aufgelegt. Hast du denn gestern noch etwas Wichtiges erfahren?«

Das musste Luise verneinen und sie hütete sich auch, von ihrem Gefühl zu sprechen. Das ging nicht einmal Grümpl etwas an, der sonst sehr viel von ihrer Intuition hielt. Sie berichtete von ihren Ermittlungen, und er konnte sich eines Grinsens nicht erwehren, als er sich Luise im Puff vorstellte.

»Da wärst du wohl lieber hingegangen?«, neckte sie ihn.

»Lieber als nach Hause? Das glaubst du doch selber nicht«, verstand er den Scherz nicht gleich und wehrte ihn mit einem verblüfften Kopfschütteln ab. »Außerdem habe ich heute eh meine Dates mit vielen hübschen Damen«, ging er schließlich auf den Scherz ein, als ihm klar wurde, dass Luise es nicht ernst gemeint haben konnte.

Der neue Bericht der Springmaus über den Abgleich der Fingerabdrücke war noch nicht da, und so rief Luise bei Rübenstich an und fragte höflich, ob es dem hohen Herrn des Hauses lieber sei, wenn sie ihm eine Vorladung ins Dezernat nach Eisenstadt zuschickte oder ob sie ihn besuchen dürfe. Herr Rübenstich zeigte sich unerwartet umgänglich. Er sagte, am angenehmsten sei es ihm, wenn Luise gleich kommen könne, weil er im Lauf des Vormittags nach Wien fahren müsse und noch Arbeiten zu erledigen habe.

Und so machten sich die beiden Ermittler auf den Weg. Grümpl zu den nächsten Golfbesitzern auf seiner Liste und Luise zur dunklen Burg im Weinberg.

Herr Rübenstich überraschte sie auch von Angesicht zu Angesicht positiv. Er war klein und rundlich, mit einem grauen Haarkranz, perfekt gekleidet und dezent parfümiert. Er wirkte sympathisch, jedoch autoritär. Sein Gesicht zeigte verbindliche Freundlichkeit – die sich nicht einmal beim Anblick Luises einen Hauch veränderte – und sein Händedruck war warm und fest.

Wie er es mit seiner Tussi und in diesem Gebäude – sie weigerte sich noch immer, es Haus zu nennen – aushielt, war Luise schleierhaft, jedoch nicht ihr Problem. Von der Frau war im Übrigen nichts zu sehen.

Der Hausherr dirigierte sie zu einer Sitzgruppe vor der Glasfront, von der aus man den See sah, und bot ihr Kaffee aus einer daneben etablierten Kapselkaffeemaschine an. Er servierte ihn ihr mit Wasser aus einem Kristallkrug, der auf dem Tablett mit den Tassen stand, und nahm dann ebenfalls Platz. Dabei zog er seine Hose sorgfältig an den Knien hoch.

»Ich ermittle im Todesfall Clemens Holzbauer«, eröffnete Luise das Gespräch, und ihr Gegenüber nickte. »Bei meinen Ermittlungen sind selbstverständlich die Vorfälle rund um den Unfall auf Ihrer Baustelle in den Blickpunkt gerückt.«

Er nickte erneut und wartete, dass sie weitersprach.

Der Mann machte einen so integren Eindruck auf Luise, dass sie sich entschied, Klartext zu sprechen. »Ich frage Sie geradeheraus: Hat Clemens Holzbauer Sie erpresst?«

Überraschenderweise antwortete Herr Rübenstich nicht sofort, sondern sah beim Fenster hinaus. »Das war ein kleiner Miesling, sage ich Ihnen«, erklärte er dann ruhig. »Er hat es tatsächlich versucht. Doch wissen Sie, mit solchen Möchtegernbösen bin ich schnell fertig. Ich habe ihm die Adresse meines Anwalts gegeben, und damit war der Fall für mich erledigt. Ich habe nie wieder etwas von ihm gehört. Bis vor ein paar Tagen.« Er trank von seinem Kaffee, nahm einen Schluck Wasser hinterher und sprach weiter.

»Mich konnte er sowieso nicht erpressen. Ich hatte mit den Vorfällen absolut nichts zu tun. Ich habe meinen Auftrag an den Architekten gegeben und dafür wahrlich genug Geld bezahlt. Wir waren damals noch gar nicht in Schilfern, ich bin nur ab und zu hergekommen, um den Fortschritt des Baus zu besichtigen und mit dem Architekten zu sprechen.«

»Darf ich raten? Der Architekt war Ramerstein?«, vergewisserte sich die Pimpernell, wenn auch nur der Form halber. Ramerstein war der Platzhirsch und einer der besten Freunde des Bürgermeisters.

Der Mann nickte wieder. »Und er hat uns auch den Versicherungsmann empfohlen. Ich weiß bis heute nicht, warum ich darauf eingestiegen bin. Ich habe ja selber gute Leute dafür.«

Luise biss sich auf die Lippen. Ihr schien klar, weshalb er in diesem Fall anders entschieden hatte. Der Zuspruch kam wohl von der Frau Gemahlin. Sie überlegte kurz, sah jedoch keine Notwendigkeit, das anzusprechen.

»Im Anschluss an die Geschehnisse und die Weigerung der Versicherung, für den Schaden aufzukommen, wollte ich sie selbstverständlich kündigen. Aber plötzlich wurde alles abgerechnet, die Anzeige gegen mich zurückgezogen und der Bürgermeister intervenierte, es dabei zu belassen.«

Luise zog die Augenbrauen hoch, und Herr Rübenstich lächelte fein.

»Wissen Sie, ich bin erst im Zuge dessen darauf aufmerksam geworden, dass der Turm gar nicht genehmigt gewesen war. Ich muss Ihnen gestehen, ich habe mich selten in meinem Leben derart dumm angestellt. Aber es war eine Zeit, wo ich meine Firmenübergabe vorbereitete und um den Hausbau kümmerte sich in erster Linie meine Frau.«

Ah ja. Alles klar, Frau Kommissar.

Luise trank ihren Kaffee aus, nahm ebenfalls einen Schluck Wasser hinterher und amüsierte sich über sich selbst und ihr vornehmes Getue. Sie stand auf. »Ich danke Ihnen, dass Sie mir sofort Ihre Zeit widmeten und für Ihre Offenheit.«

»Das war doch selbstverständlich«, antwortete der kultivierte kleine Mann, und Luise glaubte ihm das sogar.

»Ach, was denken Sie, was die Leute oft als selbstverständlich ansehen«, konnte sie sich nicht enthalten, mit einem kleinen Seufzer zu antworten.

Herr Rübenstich reichte ihr die Hand und mit seinem feinen Lächeln begleitete er sie zur Tür.

27

Luise überlegte, ob sie beim Jagawirt vorbeifahren sollte, um die Alibis der Männer auch dort abzuklären, entschied sich jedoch dagegen. Sie konnte auch später noch nachfragen oder jemanden vorbeischicken.

Langsam ließ sie den Mercedes die Straße hinunterrollen. Der Bau der Rübenstichs lag am höchsten Punkt der Gasse, die am Rande des Weinbergs aufstieg. An ihrem unteren Ende mündete sie in die letzte Hintausgasse ein, die an ihrem eigenen Stadel vorbeiführte. Wie immer genoss sie den Anblick. Die Weite des sanften Hügels mit den akkurat gesetzten Weinstöcken. Die Reben trugen helles Grün, der Boden dazwischen kündete von fruchtbarer Sattheit. Auf der Hügelkuppe drehten sich einige Windräder, denn dahinter lag der in der endlosen Weite der Parndorfer Platte angelegte Windpark.

Sie würde nie verstehen, wie sich jemand ein Haus baute, an dem Lamellen und Gitterwerk diese Sicht empfindlich eingrenzten. Das musste doch wie ein Gefängnisausblick sein. Aber wenn sie an Frau Rübenstich-Waldner dachte, dann konnte sie sich gut vorstellen, dass die Frau sich tatsächlich innerlich in einem Gefängnis befand.

Kurz bevor sie an der Ecke zur Hauptstraße abbiegen wollte, kam ihr der Bürgermeister entgegen. Sofort bremste sie scharf ab und deutete ihm, dass er ebenfalls stehen bleiben sollte.

»Gibts was Neues?«, fragte er hocherfreut, als er ihr entgegenwackelte. Er war eindeutig nicht ganz nüchtern, und dabei war es noch nicht einmal Mittag.

»Sag, fährst du immer besoffen hier herum«, war deshalb ihre erste Frage, auch wenn sie ihn eigentlich wegen anderer Vorfälle sprechen wollte. Jetzt wunderte es sie nicht mehr, dass der Luisinger und Rudi Weisz keine guten Freunde waren. Denn der Postenkommandant kannte in solchen Fällen keine Gnade. Wahrscheinlich war der Bürgermeister deshalb »hintaus« unterwegs.

Die Röte in seinem Gesicht, die er seinem Bluthochdruck zu verdanken hatte, wurde noch dunkler. »Was redest du denn? Ich bin doch nicht besoffen. Hab höchstens zwei Achtel beim Emser getrunken. Mehr lasst der ja nicht aus, wenn du nicht dabei bist.«

»Wer's glaubt, aber das ist eh nicht mein Problem. Ich habe andere Fragen an dich. Was war da mit dem Holzbauer und dem Fall Rübenstich?«

»Es gab keinen Fall Rübenstich«, belehrte sie der Amtsträger abweisend.

»Dann hast du aber ein besonderes Kurzzeitgedächtnis«, konterte Luise. »Und du kannst mir nicht erzählen, dass du deine Hände nicht dabei im Spiel hattest. Allein, diese nachträgliche Genehmigung und auch dass gerade der Slowake Arbeitsvermittler für den angeblichen Subunternehmer war, der auch deine Schwarzarbeiter für die Weinlese vermittelt.«

Sie merkte, dass sie sich irgendwie in Rage redete, obwohl sie gar nicht glaubte, dass die direkten Ereignisse mit ihrem Fall zu tun hatten. Aber diese Machenschaften trafen sie immer auf dem falschen Fuß. Oder war es nicht eigentlich der richtige? Egal.

Der Bürgermeister setzte zu einer wütenden Antwort an, doch sie wedelte unwirsch mit der Hand und redete weiter.

»Rudi, versteh bitte! Hier im Ort wurden einige von Holzbauer erpresst. Ich muss dem nachgehen. Weil ich einfach wissen möchte, ob es noch weitere Leute oder Ansätze für Erpressungen gab. Eure Macheloikes an sich interessieren mich dabei nur peripher. Dass Stukacs mittendrin war, ist in der Zwischenzeit klar, und der ist kein Feiner. Aber wieso hast du Stukacs gedeckt? Der ist nicht einmal von deiner Fraktion.«

»Ja, wir können uns doch nicht von so dahergelaufenen Rotzbuben das Wasser abgraben lassen«, rief der Bürgermeister zornig. Dann wurde sein Blick starr und ein verlegenes Grinsen erschien auf seinem Gesicht.

»Was hat er gewollt?«, blieb Luise dran.

»Er wollte dem Stukacs eins auswischen. Ich weiß allerdings nicht weshalb«, druckste Weisz heraus. »Der hat ihn sicher einmal aufs Kreuz gelegt.«

»Na, da haben sich ja die zwei Richtigen gefunden. Und wie hat der Holzbauer es angestellt?«

»Er hat den Arbeiter in der Slowakei besucht, das weiß ich. Aber was er dort erfahren hat, nicht. Und auch nicht, was er vom Stukacs verlangt hat. Ich hab geglaubt, dass das alles erledigt war, als er im Herbst heimgefahren ist.«

»Und? War es das nicht?«

»Ich weiß es nicht. Ich habe nichts mehr davon gehört.«

Könnte also sein, dass es noch eine offene Rechnung gegeben hat, dachte die Pimpernell, sprach es jedoch nicht aus.

»Hast du den Holzbauer heuer schon gesehen gehabt, oder gesprochen?«

»Gesehen schon, gesprochen nicht. Ich wusste, dass er wieder da war. An die alten Geschichten hab ich gar nicht mehr gedacht.«

»Auch nicht, als er auf einmal tot auf dem Boden lag?«

»Ich habe ihn doch gar nicht gesehen. Du hast mich ja nicht zu ihm gelassen. Und nein, ich habe auch dann nicht an einen Zusammenhang mit dieser Geschichte gedacht, als du gesagt hast, es könnte jemand nachgeholfen haben.«

»Und jetzt? Jetzt denkst du dir etwas?«

»Nein, natürlich nicht. Was immer hinter diesem Streit zwischen dem Stukacs und dem Holzbauer gesteckt haben mag, das hätten wir sicher hingekriegt.«

Das erschien Luise plausibel. Es deckte sich mit den Überlegungen, die sie selbst angestellt hatte. Da ihre Vermutung dahin ging, dass Holzbauer eher durch einen Unfall mit Todesfolge im Zusammenhang mit Fremdeinwirkung gestorben war, als durch Mord oder Totschlag, war sicher nicht auszuschließen, dass da etwas aus dem Ruder gelaufen war. Nur wäre es bei einem Mann wohl anders aus dem Ruder gelaufen, als Holzbauers Leiche vermuten ließ. Stukacs hätte dem sicher ein paar geknallt und ihn nicht eher sanft an Schultern oder Brustkorb angefasst und dann in die Weichteile getreten.

»Lass das Auto stehen, ich bring dich aufs Gemeindeamt oder wo du hin musst«, beschied sie dem Amtsträger.

Der protestierte sofort und lauthals. »Ich hab doch nichts getrunken!«

»Fürs Autofahren mit Sicherheit zu viel.«

Auch wenn die Beamtin vermutete, dass er später das Auto holen und trotz seines Alkoholpegels herumfahren würde – und das wahrscheinlich jeden Tag –, konnte sie es nicht zulassen, dass er vor ihren Augen, quasi mit ihrer Zustimmung, einfach weiterfuhr. Sie sah ihn deshalb nur mit hochgezogenen Augenbrauen an, bevor sie zurück zu ihrem Auto ging und auffordernd die Beifahrertür öffnete.

28

Luise lieferte den Bürgermeister im Gemeindeamt ab und fuhr anschließend wieder einmal zur Pension »Lieselotte«. Sie wollte mit der Inhaberin über die Aussagen ihrer Freundin Gitta sprechen. Immerhin hatte diese behauptet, dass Lotte sehr wohl von der Ankunft Clemens Holzbauers in Schilfern gewusst hatte. Und darüber hinaus sehr erzürnt war, weil er sich nicht bei ihr gemeldet hatte. Auch hatten beide eine unterschiedliche Uhrzeit genannt, zu der Lotte sich auf den Heimweg gemacht haben sollte.

Doch in der Pension traf sie niemanden an. Ein Blick auf die Uhr zeigte ihr, dass es bereits Mittag war. Deshalb wollte sie in dem kleinen Bistro in Neusiedl eine Kleinigkeit zu sich nehmen, bevor sie ins Büro zurückkehrte.

In dem winzigen Lokal gab es jeden Tag ein Menü, das meistens genau Luises Geschmack traf. Wenn das heute zufälligerweise nicht der Fall sein sollte, dann konnte sie auf die kleinen Speisen der Karte ausweichen, die immer frisch und appetitlich waren. Auch gab es selbstgemachte Mehlspeisen aus der Region und einen ausgezeichneten Kaffee. Für mehr wollte sie sich heute keine Zeit nehmen. Sie hatte noch immer das Gefühl, dass die Lösung ihres Falls unmittelbar bevorstand.

Tatsächlich gab es »Gefüllte Paprika mit Paradeissauce«, eines der Lieblingsgerichte von Luise Pimpernell. Da der Chef des Hauses ein erstklassiger Koch war, lief ihr schon beim Lesen der Ankündigung das Wasser im Mund zusammen.

Sie ergatterte den letzten Platz in dem Schanigarten, der leider direkt an der Hauptstraße lag. Einer der wenigen Minuspunkte des Lokals. Riki, die Besitzerin des Bistros, kam sofort mit einem Gedeck gelaufen. Als sie es auflegte, merkte Luise, dass die junge Frau sie von der Seite her ein wenig unsicher ansah. Auch als sie das bestellte Wasser brachte, fühlte die Pimpernell die Befangenheit, die an sich gar nicht zu Riki passte.

»Ist irgendetwas?«, fragte Luise deshalb lächelnd.

»Es ist wegen Clemens. Alles was recht ist …« Riki nestelte an dem Geschirrtuch, das sie an ihrem Gürtel trug.

»Ach, kanntest du den?«

»Ja natürlich. Der hing auch des Öfteren da an unserer Theke herum. Mit den Achterltrinkern. Sie wissen schon …«

Ja, Luise waren die Gepflogenheiten der Achterltrinker vertraut. Eine Gruppe von Gästen, die regelmäßig an irgendwelchen Theken standen und dort achtelliterweise Weine aus der Region tranken. Bei ihrem Bruder beim Heurigen waren sie ebenfalls anzutreffen.

»Er war sicher kein Angenehmer. Aber umbringen …« Die Betretenheit in dem Gesicht der Frau sprach Bände.

»Das heißt, er hatte also auch hier Streit?«, sprang Luise auf den Zug auf.

»Streit. Na ja, es gab halt manchmal Reibereien, wenn er zu viel getrunken hatte. Aber darum gehts nicht. Doch vorige Woche gab es einen Zwischenfall. Da stürzte auf einmal die Lehnbichler Gitta herein und zog ihn nach hinten ins Extrastüberl. Und da gings ordentlich heftig her.«

»Du meinst jetzt, sie haben gestritten?«, fragte Luise sicherheitshalber. Sie traute dem ja auch anderes zu.

Und tatsächlich druckste die Wirtin herum. »Zuerst schon. Sie hat irgendwas geschrien in der Art, dass er das mit ihr nicht machen könnte und so. Auf einmal war es dann vorbei mit der Schreierei.« Sie unterbrach ihre Schilderung und sah peinlich berührt nach links und rechts. Dann gab sie sich einen Ruck. »Ja also, die scheinen es da getrieben zu haben. Es hörte sich zumindest so an. Aber mein Mann war nicht da und ich ... ich ...«

Die Pimpernell nickte verstehend.

»Sie kam dann strahlend, wenn auch ein wenig ramponiert, mit ihm aus dem Stüberl heraus. Und der Clemens, der Clemens, der stellt sich wieder an die Budel, trinkt sein Achtel leer und verlangt ein neues. Er beachtet sie gar nicht mehr! Sie steht da wie bestellt und nicht abgeholt. Die Männer feixen natürlich alle und stoßen den Clemens kumpelhaft an. Ich hätte mich am liebsten in ein Mauseloch verkrochen. Sie war so zornig, dass sie das Tablett mit der Mehlspeise von der Vitrine nahm und es auf den Boden warf, bevor sie hinauslief. Es war furchtbar peinlich. Und als Chris zurückkam, hat er den Clemens hinauskomplimentiert. Solche Gäste brauchen wir nicht.« Wieder zuckten ihre Augenlider unruhig.

»Ich wusste nicht, ob ich das erzählen soll. Das wird ja wohl keine Bedeutung haben. Aber irgendwie ... Also auf die Dienststelle wäre ich sicher nicht gekommen deshalb. Nur jetzt, wo Sie da sind ... dachte ich halt, es wär vielleicht doch nicht verkehrt, wenn Sie das wissen ...«

»Ja«, die Pimpernell schürzte die Lippen und nickte. »Das ist gut für mich zu wissen, und ich bin froh, dass du es mir erzählt hast. Ich werde dem sicher noch nachgehen. Danke!«

»Jessas, der Paprika«, rief Riki da und stürzte ins Lokal, um denselben zu holen. Und er mundete Luise ausgezeichnet. Sie verwendete ihre ganze Konzentration darauf, sich den Genuss weder von Holzbauer, noch seinen Gespielinnen verderben zu lassen. Als sie dann auf den Kaffee wartete, gestattete sie sich ein erstes Überdenken der neuen Informationen.

Hatte Gitta Lehnbichler tatsächlich den Verdacht auf Lotte lenken wollen, weil sie selbst etwas mit der Tod von Clemens Holzbauer zu tun hatte? Wut und Frust dürften die Begleiter ihrer Beziehung zu ihm gewesen sein. Es wäre leicht für sie gewesen, die Tat zu begehen. Sie wohnte nur ein paar Häuser entfernt und wusste sehr gut über die Gepflogenheiten der Schilferner Bescheid, etwas schlampig beim Abschließen ihrer Tore zu sein. Luise traute Gitta sofort zu, dass sie auf die Idee gekommen war, dem Filou einen nächtlichen Besuch abzustatten.

Außerdem war sie ungefähr zu dem brenzligen Zeitpunkt auf der Straße gewesen. Eventuell hatte sie sehr wohl die Mädchen herauskommen sehen, und ihre Wut war über das Ziel hinausgeschossen. Noch dazu, wo Holzbauer unter Umständen dieselbe Taktik angewendet haben würde wie im Bistro, wenn sie plötzlich bei ihm auftauchte, um ihn erneut zur Rede zu stellen.

Aber wie sollte sie der Lehnbichler etwas beweisen können? Sie würden von Gitta Fingerabdrücke nehmen müssen und sie mit denen vergleichen, die sie in der Ferienwohnung gefunden hatten. Wenn es da Übereinstimmungen gäbe, würde es für sie natürlich sehr eng werden. Aber sonst ... blieb ihnen wohl nichts übrig, als dranzubleiben und nach weiteren Indizien zu suchen, die zu einem Geständnis führen konnten.

29

Nach dem lukullischen Mittagessen fuhr Luise Pimpernell zurück nach Schilfern. Sie überlegte, ob sie zuerst zu Lieselotte Burger oder zu Gitta Lehnbichler fahren sollte. Sie entschied sich für Lotte. Die andere würde wohl um diese Zeit irgendwo arbeiten, doch die Wirtin müsste in der Zwischenzeit wieder in der Pension anwesend sein.

»Jetzt brauchst aber bald ein Zimmer bei mir.« Lotte begrüßte Luise mit einem spöttischen Grinsen. Dann bugsierte sie die Beamtin, wie schon gewohnt, ins Frühstückszimmer und stellte ihr ungefragt ein Häferl mit Kaffee hin.

»Es ergeben sich dauernd neue Perspektiven. Und leider kommst du immer wieder ins Spiel.«

»Ich?« Lotte riss die Augen auf. »Wieso ich? Ich hab doch nichts damit zu tun. Hab den Clemens heuer noch nicht einmal von der Ferne gesehen gehabt.«

»Ich will dir das glauben, aber ...«

»Luise!«, rief die Burgerin streng. »Sag mir nicht, dass du *mich* verdächtigst.«

»Ich sag dirs, wie es ist: Es liegen verschiedene Hinweise vor, die ich nicht einfach übergehen kann.«

»Verschiedene Hinweise ...«, murmelte Lotte und runzelte die Stirn.

»Langer Rede, kurzer Sinn. Ich brauche Fingerabdrücke von dir und bitte dich, nach Neusiedl zu fahren und sie bei Grümpl im Postenkommando abzugeben«, eröffnete ihr die Pimpernell.

Lotte starrte sie an, als hätte sie hintermarsianisch gesprochen. »Das ist jetzt nicht dein Ernst«, presste sie mit heftigem Kopfschütteln heraus. Ihre Hand wischte vor ihrer Stirn hin und her.

»Ich kann dich gut verstehen, aber ich muss es verlangen. Abgesehen davon, geschieht ja nichts damit. Wenn keine Übereinstimmung mit denen vorliegt, die wir in der Ferienwohnung gefunden haben, werden sie nicht einmal gespeichert.«

»Und das soll mich jetzt trösten, oder wie?« Lotte konnte es sichtbar noch immer nicht fassen. Sie sprang auf und rannte zum Fenster, starrte in den Garten. Dann gab sie sich einen Ruck. »Das wird dir wenig bringen. Meine Abdrücke können leicht dort vorhanden sein. Ich war vorige Woche in dem Appartement.«

»Was? Wieso?«

»Ich kaufe den Rotwein bei den Ludwiegs. Als ich ein paar Flaschen holen wollte, habe ich Margret hinten gefunden. Sie richtete das Zimmer her für die Ankunft des hohen Gastes. Wir haben uns dann hingesetzt und ein bissl getratscht.«

»Über den Holzbauer?«

»Nein. Wie kommst du darauf?«

»Ich frag halt.«

»Ich wüsste nicht, was ich über den mit irgendjemandem zu reden gehabt hätte. Natürlich sollte Margret dann noch geputzt haben, aber ...« Lotte hob die Achseln, sah die Pimpernell verdrießlich an, und diese nickte langsam.

»Verstehe. Na, schauen wir mal, wenn wir welche finden, wo wir es tun.«

»Ich war sogar im Bad. Margret hat mir die neuen Armaturen gezeigt. Ich überlege, ähnliche anzuschaffen.« Das

Strahlen war gänzlich aus dem Gesicht der jüngeren Frau gewichen. »Irgendwie pack ich das gerade nicht. In welche Situationen man plötzlich gerät. Nur wegen ein bissl Jessasna.«

»Apropos Jessasna. Ich hab Andeutungen bekommen, dass dir der Holzbauer nicht so egal war, wie du es mir dargestellt hast. Du hättest dich ganz schön an ihn geklammert, und eifersüchtig seist du auch gewesen ...«

»Ich?« Erneut wiesen Lottes Augen Tendenzen auf, aus ihren Höhlen zu fallen. »Wer sagt denn so etwas? Wer wusste überhaupt von uns? Ich meine, mir war klar, dass es Gerüchte gab, weil manchmal beim Heurigen der Schmäh zwischen uns lief. Und die Leute reden ja schnell. Aber ich habe nie mit jemandem nur ein Wort über ihn gesprochen.«

»Und was ist mit Gitta?«

Das Gesicht von Lieselotte Burger bekam einen wachsamen Ausdruck. »Gitta?« In ihren Blick schlich sich ein Glitzern, verbunden mit einem fast unsichtbaren Nicken. »Gerade mit der nicht. Clemens hat mehrmals darüber geklagt, dass sie sich ihm dauernd an den Hals werfe. Ich vermute zwar, dass er sie nicht von seiner Bettkante gestoßen hat. Das hätte absolut nicht zu ihm gepasst. Aber ich habe dazu keinerlei Statement abgegeben. Weder ihm, noch ihr gegenüber. Es ging mich einfach nichts an. Ich wollte das gar nicht wissen.« Ihre Lippen verzogen sich und ihr Ausdruck wechselte ins leicht Zynische.

»Es war so, wie ich es dir bei unserem ersten Gespräch gesagt habe. Wenn es gerade gepasst hat, habe ich ihn mir als ein bissl Streusel auf meinen Alltagskuchen gebröselt. Alles andere an ihm hat mich nicht interessiert. Solltest du deine anderslautenden Informationen von Gitta haben, dann drängt sich für mich die Frage auf, wie sie dazu kommt, dir überhaupt irgendetwas über Clemens und mich zu erzählen. Und die sollte sich auch dir aufdrängen.«

Das hat es schon getan, dachte die Pimpernell und behielt es selbstverständlich für sich.

»Ihr seid doch aber gute Freundinnen, oder?«

»Wir kennen uns seit der Volksschule und haben vieles miteinander erlebt. Als ihr Mann allerdings begann, sich anderweitig zu interessieren, wurde sie auch mir gegenüber misstrauisch. Er war ja wirklich ein blöder Hund und hat mich schon seit Jahren angesäuselt. Zwar nicht ernsthaft, aber wie solche Männer oft sind. Möchten sich bei jeder unwiderstehlich geben. Als er dann gegangen ist, begann sie plötzlich einen auf jugendlich machen zu wollen, mäkelte dauernd an mir herum, dass ich zu hausbacken aussähe. Sie hielt mir bei jeder Gelegenheit mein Alter vor und dass ich etwas machen solle, weil man mir das doch in der heutigen Zeit nicht so ansehen müsste.« Sie zuckte mit den Achseln.

»Ich nahm das gelassen, immerhin war sie in einer schwierigen Situation und wir waren ja Freundinnen. Nur, in der letzten Zeit wurde sie manchmal richtig bösartig, und ich fragte mich immer öfter, warum ich mir das eigentlich gefallen lasse. Wir haben fast keine gemeinsamen Berührungspunkte mehr. Doch vielleicht kennst du das. Man hat eine Freundin seit Kindertagen und hält dann irgendwie an ihr fest, auch wenn man die Freundschaft schon längst überdenken sollte. Man möchte einfach nicht so oberflächlich sein, um eine so langjährige Beziehung aufgrund von Äußerlichkeiten aufzugeben.«

Aus ihrem persönlichen Leben kannte Luise Pimpernell das freilich keineswegs. Die Verbundenheit zwischen ihrer Freundin Magda und ihr hatte sämtliche Schicksalsschläge in ihrer beider Leben unbeschadet überlebt. Doch war sie im Laufe ihrer Ermittlerinnentätigkeit oft genug mit solchen Entwicklungen konfrontiert worden. Immer dann, wenn sich daraus ein Kriminalfall entwickelt hatte.

»Wann kannst du zu Grümpl hinüberfahren?«, fragte sie und stand auf.

Lotte presste die Lippen aufeinander und nickte verdrossen. »Ich fahre jetzt gleich. Wenn du glaubst, dass es sein muss. Dann hab ich es hinter mir. So peinlich, die Angelegenheit.«

»Es tut mir leid, aber ich kann dich da einfach nicht rauslassen. Und es muss dir ganz und gar nicht peinlich sein. Es gehört zu einer normalen Ermittlung dazu. Du wirst doch sicher auch wollen, dass man den Tod vom Holzbauer aufklärt.«

Lotte zuckte mit den Achseln. »Als ob ihn das lebendig machen würde. Und wahrscheinlich war es eh ein Unfall.«

Luise sah sie aufmerksam an. »Woher willst du das wissen?«, fragte sie mit zusammengezogenen Brauen.

Da lächelte Lieselotte Burger plötzlich wieder. Und es war eindeutig eine Portion Spott dabei. »Du hast es mir selbst gesagt. Bei deinem ersten Besuch.«

Das erste Mal, solange Luise sich erinnerte, fühlte sie sich in der Gegenwart dieser Frau, die gewöhnlich viel Positives ausstrahlte, nicht wohl. Sie wusste, sie musste aufpassen, durfte sich nicht von ihrem Wunsch beeinflussen lassen, dass Lotte nicht die Täterin sein dürfe.

Die Fingerabdrücke würden nun ganz genau überprüft werden müssen. So einfach, wie sie sich das vorgestellt hatte, lief es nun nicht. Überlagerungen könnten dabei eine wichtige Rolle spielen.

30

Gitta Lehnbichler öffnete die Tür so rasch, als hätte sie dahinter gewartet, erschrak jedoch sichtlich beim Anblick der Pimpernell. Ihre Augen irrten unruhig über Luise hinweg, als würde sie hinter ihr noch weitere Beamte vermuten.

Auch heute war Lottes Freundin in ein viel zu enges Shirt gepresst, das sich pinkfarben über Wülste spannte, die den Blick auf diese nicht sehr vorteilhafte Körperregion lenkten. Das platinblonde Haar trug sie mit einer Spange oben am Hinterkopf zusammengehalten. Eine Frisur, die ihr ebenfalls nicht unbedingt zum Vorteil gereichte, vor allem, weil sie einen sichtbaren Rand des Make-ups freilegte.

Luise beurteilte Menschen selten nach ihrem Äußeren. Meistens nahm sie es gar nicht wahr, wie die Leute herumrannten. Wie sie ja auch auf ihr eigenes Aussehen keinerlei besonderes Augenmerk legte. Sie verließ sich lieber auf die gefühlsmäßigen Strömungen, die zu ihr herüberkamen, erfasste die Menschen, denen sie begegnete, auf einer emotionalen Ebene.

Doch seltsamerweise stieß ihr das Erscheinungsbild von Gitta sauer auf. Sie nahm es überrascht zur Kenntnis, vertraute aber ihrem Bauchgefühl auch jetzt voll und ganz und interpretierte es: Diese Frau wirkte verkrampft, war gewiss unsicher und versuchte, es durch diese fast schon groteske Art, sich zurechtzumachen, auszugleichen.

»Ich habe noch ein paar Fragen an dich. Kann ich reinkommen?«

Gitta war so weggetreten, dass die Pimpernell die Frage wiederholen musste.

»Äh ... ja. Ich bin allerdings gerade erst nach Hause gekommen.«

Ebenso wie die Pimpernell wohnte auch die Lehnbichler in einem einseitigen Streckhof, wie es eben auf dieser Seite von Schilfern üblich war. Allerdings sah hier alles ein wenig heruntergekommen aus. Entweder hatte das Geld noch nie oder nach Scheidung nicht mehr gereicht, um das Anwesen instand zu halten, geschweige denn zu renovieren.

Die Küche, durch welche die Ermittlerin in das Wohnzimmer gelotst wurde, befand sich schlicht ausgedrückt in chaotischem Zustand. Hier dürfte schon einige Tage nichts weggeräumt worden sein. Auch roch es ziemlich abgestanden.

»Ja, wie gesagt, ich bin gerade erst nach Hause gekommen und die letzten Tage waren die Hölle in der Arbeit«, versuchte die Frau eine matte Erklärung.

Das anschließende Wohnzimmer war, wie es derzeit modern schien, nur spärlich möbliert. Im Zentrum befand sich ein großer runder Esstisch mit Glasplatte, um den sechs Sessel in Chrom gruppiert waren. An einer der Wände verlieh eine Sitzgarnitur in schönem Rostrot dem Raum etwas Gemütlichkeit. An den anderen standen ein paar Kommoden eher unmotiviert herum, und darüber hingen große moderne Bilder, bei deren Anblick Luise ein erschrecktes Zusammenzucken nicht vermeiden konnte.

Kalter Rauch hing in der Luft. Gitta ging zum Tisch und schüttelte aus dem darauf liegenden Päckchen eine Zigarette, zündete sie mit fliegenden Händen an und inhalierte tief. »Wollen Sie was trinken?«, fragte sie über die Schulter.

Luise stapfte zum Tisch und setzte sich auf einen der Sessel, die nicht nur unbequem aussahen, sondern es auch waren. »Nur ein Wasser, bitte.«

Mit der Zigarette in der Hand ging die Frau zurück in die Küche und brachte ihrer Besucherin einen gefüllten Keramikkrug und ein Glas. Dann setzte sie sich der Beamtin gegenüber und schaute auf die Zigarette in ihrer Hand.

»Ich habe da ein paar Geschichten gehört. Du hast mich offenbar angelogen. Du hattest mit dem Holzbauer ebenfalls ein Verhältnis«, ging Luise sofort in die Offensive.

Gitta sog hektisch an der Zigarette. »Ich habe mich geniert«, presste sie heraus.

»Vor mir brauchst du dich nicht zu genieren. Aber dass du mich angelogen hast, macht natürlich keinen schlanken Fuß im Zusammenhang mit dem toten Clemens.«

Die Frau fuhr in die Höhe. »Aber damit habe ich doch nichts zu tun!«

»Leider spricht einiges gegen dich: Du hast ein Motiv, du hast für die Tatzeit kein wirkliches Alibi und bist ungefähr zum Tatzeitpunkt in der Nähe gewesen. Du schaust von deiner Haustür genau auf das Tor der Ludwiegs. Du könntest sehr leicht zwei Mädchen herauskommen gesehen, eins und eins zusammengezählt und begriffen haben, dass die von Holzbauer kommen mussten. Deinem Zorn hast du anscheinend ja schon öfter freien Lauf gelassen, wie ich hörte.«

»Was ist los? Was haben Sie gehört?«

»Darüber hinaus hat Lotte angegeben, dass sie niemals ein Wort mit dir über den Holzbauer geredet hat. Wieso kamst du also dazu, mir zu sagen, dass sie sich bei dir ausweinte?«

»Weil vielleicht *sie* lügt?« Gittas Gesicht bekam etwas Verschlagenes. Sie dämpfte ihre Zigarette in dem überquellenden Aschenbecher aus und zündete sich eine neue an. Nach dem ersten tiefen Zug zupfte sie an ihrer Oberlippe herum. »Lotte hat es schon immer perfekt geschafft, bei allen als die Gute dazustehen.« Das Zupfen wurde stärker. »Und jetzt ist es ihr auch bei Ihnen gelungen«, stellte sie süffisant fest.

»Sie muss unbedingt im Mittelpunkt stehen. Angefangen hat das bereits in der Schule. Die Gescheiteste war sie nicht, aber die mit dem größten Fan-Kreis. Alle Mädchen wollten sein wie sie. Und alle Buben, die sich eigentlich damals noch gar nicht für Mädchen interessierten, wurden zu Beschützern, wenn sie mit ihren Wimpern klimperte. Später kamen die Männer. Und da war es sowieso mit ihr vorbei. Sobald einer im Raum war, durfte er nur sie sehen.«

»Und dennoch bist du so lange mit ihr befreundet geblieben?«

»Ich hab zu jung geheiratet, hatte deshalb keine anderen Freundschaften. Und Lotte war halt immer da.«

Luise dachte, wie traurig doch manche zwischenmenschlichen Beziehungen abliefen und wie man überrascht werden konnte, wenn man hinter die Fassade schaute. Sie hatte stets geglaubt, dass die beiden Frauen sehr gute Freundinnen waren.

»Kaum hatte sie Clemens gesehen, hat sie sich natürlich in Position gebracht. Ich war damals mit ihm beim Heurigen, sie ist dazugekommen. Und er hat nur mehr sie gesehen.«

Zeit für die nächste Zigarette.

»Doch er ist immer wieder zu mir gekommen. Sie war ihm einfach nicht genug. Aber das hat sie nicht zur Kenntnis genommen.«

»Kann es nicht sein, dass du nicht zur Kenntnis nehmen wolltest, dass der Typ alles anbumste, was er auf seinem Weg traf? Es ging nicht nur um Lotte.«

»Das war doch nichts Ernstes. War alles nur Spiel für ihn.«

»Und Lotte war kein Spiel?«

»Das hätte sie niemals zugelassen. Sie hat sich an ihn gehängt, musste ja der Mittelpunkt sein.«

»Du hattest Holzbauer vorige Woche bereits getroffen«, stellte Luise mehr fest, als sie fragte. »Lotte wusste gar nicht, dass er schon da war.«

»Sagt *sie*«, kam es erneut spitz zurück.

»Hast du es ihr gesagt?«

»Ich? Wie käme ich dazu?«

»Aber du hast mir erzählt, du hättest mit ihr über ihn gesprochen.«

Gitta zog die Augenbrauen zusammen und nahm ein paar hektische Züge. »Sie wusste es«, sagte sie mit Bestimmtheit und nickte mehrfach. Dabei wiederholte sie flüsternd, wie zu sich selbst: »Sie wusste es.«

Luise zuckte mit den Schultern. »Ich muss Fingerabdrücke von dir bekommen. Bitte fahr hinüber ins Polizeipostenkommando ...«

»Was?«, wurde sie unterbrochen. Die Lehnbichler sprang auf, ihre Körperhaltung sah beinahe drohend aus. »Was soll das heißen?«

»Nicht mehr und nicht weniger, als dass ich Fingerabdrücke von dir brauche, um Abgleiche und Ausschließungen vornehmen zu können.«

Die nächste Zigarette wurde aus dem Paket genestelt und hektisch angezündet. »Ich arbeite morgen und übermorgen.

Kann erst am Donnerstag kommen«, gab die Frau patzig zurück und warf die Lippen auf.

»Nein, du wirst bitte jetzt hinüberfahren.«

»Sie können mich nicht zwingen!«

»Nein, das kann ich nicht. Doch was hältst du davon, wenn ich dich höchst offiziell nach Eisenstadt vorlade? Und dann wirst du dir dafür ein paar Stunden von deiner Arbeit freinehmen müssen. Abgesehen davon, dass natürlich einige Leute von dieser Vorladung erfahren werden.« Luise hatte nicht den Funken schlechten Gewissens dabei, dass sie auf diese Weise Druck ausübte.

Gitta biss sich auf die Lippen, ihr Gesicht lief rot an, und sie setzte sich mit fassungslosem Gesichtsausdruck wieder hin. Ihr Kopf wackelte unkontrolliert hin und her, sie konnte gar nicht damit aufhören. Plötzlich sprangen ihr Tränen aus den Augen, sie stöhnte auf und rief: »Aber ich habe ihn doch geliebt!« Ein wildes Schluchzen schüttelte sie, und immer wieder stieß sie diesen einen Satz hervor.

»Bitte beruhige dich!«, rief die Pimpernell gereizt und ließ die Hand auf den Tisch sausen. »Was soll das für ein Theater sein, das du hier abziehst? Fahr hinüber, melde dich bei Inspektor Grümpl und erledige das.«

Sie stand auf. Schön langsam hatte sie genug von den ganzen Weibern. »Wenn du heute nicht kommst, dann lasse ich dich holen!«

Jetzt begann die Frau erst recht, hysterisch zu heulen. Aber Luise ließ sie einfach sitzen und schaute, dass sie weiterkam.

31

Die Gasse war anscheinend nicht nur nächtens menschenleer. Auch jetzt am späten Nachmittag war es absolut ruhig. Kein Auto fuhr, nicht ein Passant war zu sehen.

Luise blickte die Straße hinauf in die Richtung, wo der Hof der Ludwiegs lag. Von hier aus konnte man ihn hervorragend beobachten. Direkt vor dem Haus befand sich überdies eine Straßenlaterne. Die Mädchen, die dort in der Nacht herausgekommen waren, hätte man bestens sehen können.

Just in diesem Augenblick öffnete sich das Tor und die beiden Töchter des Hauses kamen heraus. Sie kuderten und hielten sich gegenseitig ihre Smartphones vor die Augen. Dann tänzelten sie in der entgegengesetzten Richtung davon.

Luise blieb ganz ruhig stehen. In ihrem Bauch hatte sich etwas gerührt. Doch sie konnte nicht erfassen, was es war. Sie wusste, zu viel war in den vergangenen Stunden auf sie eingestürmt. Wenn sie nun begänne, darüber nachzudenken, dann würde sie alles zerdenken. Sie brauchte neutralen Abstand. Sie brauchte das Absinken aller Informationen in ihr Gefühl.

Der Nachmittag war ziemlich heiß geworden. Jetzt den Weinberg hinauf und den Wagram entlangzulaufen, der zu diesem Zeitpunkt in der prallen Sonne lag, würde ihr nichts bringen. Sie stieg ins Auto und fuhr an den See hinunter. Dort, mitten im Schilf, besaß ihre Freundin eine Hütte auf Pfählen. Magda, eine Malerin, war derzeit wegen einer Vernissage in Salzburg. Aber Luise wusste, wo der Schlüssel lag und dass sie jederzeit Zutritt hatte. Das Häuschen war jedoch nicht ihr Ziel. Nur die Terrasse. Sie schob einen der bequemen Liegestühle in den Schatten und setzte sich hinein. Versonnen sah sie auf das Wasser hinaus. Sie lauschte auf die Geräusche aus dem Schilf, versuchte, einige Laute der einzigartigen Fauna zuzuordnen, und sog den von ihr so geliebten Geruch nach Schlamm tief ein.

Beim Ausblick auf die Weite des Sees, der nicht von ungefähr das Meer der Wiener genannt wurde, durchströmte sie eine tiefe Ruhe. Sie beobachtete die sich leicht kräuselnden Wellen, auf denen ein Entenpaar mit den Wollkügelchen ihres Nachwuchses an ihr vorüberschwamm. So gewann sie in kürzester Zeit die nötige Distanz, von der sie wusste, dass sich nur aus ihr die Informationen erheben würden, die für die Aufklärung des Falles von Bedeutung waren. Wenn sie ihrer Intuition eine Barriere aus Gedanken vorschob, konnte sie viel zu leicht in die Irre gehen. Was ihr in diesem Fall ja auch schon einige Male passiert war.

Sie spürte, dass sie der Lösung bereits nahe war. Dass es nur mehr Winzigkeiten waren, denen sie zu wenig Bedeutung gegeben hatte.

32

Als sie auf dem Polizeipostenkommando eintraf, herrschte dort helle Aufregung. Auf dem Autobahnzubringer hatte sich ein Tankwagenunfall ereignet. Alle verfügbaren Kräfte eilten zum Einsatz.

Im Büro wurde es dadurch angenehm ruhig. Luise machte sich noch einen Kaffee, setzte sich gemütlich hin und nahm sich endlich den Akt vor, um nach den winzigen Hinweisen Ausschau zu halten, die in ihr zu klingeln beginnen würden.

Das Labor hatte keine überraschenden Ergebnisse geliefert. Auch der Obduktionsbericht ergab nichts Unerwartetes. Die Auswertung des Computers war ebenfalls unergiebig geblieben. Sie suchte die Handyliste durch. Der schöne Clemens hatte weder Lotte noch Gitta gespeichert! Er schien sich ihrer tatsächlich lediglich vor Ort bedient zu haben.

Als sie weiterblättern wollte, blieb ihr Blick jedoch an einem anderen Namen hängen. Margret Ludwieg. Clemens Holzbauer hatte sie unter »Maggie« in seiner Kontaktliste. Sie stutzte kurz, weil es logisch schien, dass er die Nummer der Ludwiegs gespeichert hatte. Ihre Festnetznummer. Doch warum auch die vom Handy? Sie rief die Springmaus an und beauftragte sie, so rasch wie möglich ausfindig zu machen, wann Maggie ihre letzten Telefonate mit Holzbauer geführt hatte.

»Mach Druck«, bat sie. »Das ist wichtig! Vielleicht kannst du vorab eine telefonische Auskunft bekommen.« Biggie Lantsch war dafür bekannt, dass sie für solche Aufträge eine besondere Gabe hatte. Ihr sonniges Gemüt eröffnete ihr öfter mal unkonventionellen Zugang zu benötigten Informationen.

Unvermittelt fiel Luise etwas ein, das sie noch immer für sich nicht ganz abgehakt hatte. Sie blätterte durch die Liste der Golf-Besitzer.

ND 407 AZI. Da war er. Und er gehörte Lois Ludwieg.

»Sag einmal«, fuhr sie Grümpl an, der just in diesem Augenblick hereinkam. »Wieso hast du mir nicht gesagt, dass die Ludwiegs auch so einen Golf haben?«

»Du hast doch mehrfach mit denen gesprochen. Ich dachte, du weißt längst davon«, antwortete er gereizt, und Luise wedelte amnestierend mit der Hand.

»Waren die Burger und die Lehnbichler schon da wegen der Fingerabdrücke?«, fragte sie, anstatt näher darauf einzugehen.

»Ja. Ich hab sie gleich an Biggie gesandt, damit sie einen entsprechenden Abgleich macht. Der müsste schon bald kommen.«

Sofort war die Pimpernell wieder versöhnt. Grümpl war wirklich ein Schatz, der immer sehr gut mitdachte. Da gab es nichts zu meckern.

»Im Übrigen, die Überprüfung der Golfs aus Guid hat ergeben, die Besitzerinnen kannten allesamt den schönen Clemens nicht. Das hat mich zwar überrascht, aber er schien sich mit seinen Amouren eher auf Schilfern eingeschossen zu haben. Da hatte er anscheinend noch nicht alle durch«, informierte er lapidar.

Luise hörte ihm gar nicht zu. Sie stierte nachdenklich die Autonummer auf ihrem Bildschirm an, als könnte die ihr etwas sagen.

»Was war bei Rübenstich?«, holte Grümpl sie aus der Erstarrung. Bei ihrem Bericht schüttelte er einige Mal ungläubig den Kopf. »Das sind wirklich unglaubliche Seilschaften.«

Grümpl verzog angewidert das Gesicht, und Luise konnte sich eines schlechten Geschmacks im Mund nicht erwehren. Sie liebte ihre Heimat, aber manchmal schämte sie sich dafür, was in ihrem Geburts- und Wohnort zeitweise ablief. Doch leider war dies kein Einzelfall, es ging wohl im ganzen Land so zu.

Luise erzählte dem Kollegen in kurzen Umrissen von den gegenseitigen Beschuldigungen der Freundinnen, was bei Roman Grümpl ein Stirnrunzeln hervorrief. »Also manchmal kann ich wirklich nicht nachvollziehen, was in Frauen vorgeht.«

»Nur manchmal?«, fragte Luise spöttisch, und beide lachten.

Ihr Handy läutete, und mit bestätigendem Nicken hörte sie sich die Auskunft der Springmaus an. »Margret Ludwieg hat zuletzt Ende November mehrmals mit Holzbauer telefoniert. Seither nicht mehr. Wie findest du das?«, informierte sie den Inspektor.

Er runzelte die Stirn und in seine Augen trat Wachsamkeit. »Es ging also nicht um die Vermietung, wenn er mit ihr am Handy telefonierte, sonst hätte er ja in letzter Zeit anrufen müssen, um alles für den Sommer klarzumachen. Sie hatte einen eigenen Draht zu ihm. Der offizielle Kontakt lief über die Festnetznummer.«

»Ich vermute, da werden wir der schönen Margret wohl einen Besuch abstatten, oder?«

Luise war bereits aufgestanden, als es auf ihrem Bildschirm blinkte. Die Springmaus schickte nun auch den aktualisierten Bericht der Spurensicherung.

Lottes Abdrücke waren nicht aufgefunden worden. Was für Margret sprach, die es offensichtlich mit dem Putzen sehr genau nahm. Hinweise auf Verschleierung von Spuren gab es ebenfalls keine. Nein, abgewischt war nach der Tat offenbar nichts worden.

Sie suchte nach dem Abgleich der Prints von Gitta Lehnbichler. Plötzlich schlug sie sich mit der Hand auf die Stirn und nickte ein paarmal vor sich hin. Dann rief sie Grümpl und zeigte auf eine Stelle in dem Bericht.

»Da wird aber nun jemand einigen Erklärungsnotstand haben«, sagte er, und die beiden verließen die Dienststelle in Richtung Schilfern, Weinhofgasse.

33

Die alte Frau Ludwieg war erneut hocherfreut, als sie die Pimpernell und Grümpl zu Gesicht bekam. Sie winkte Luise zu sich und flüsterte im Trompetenton der Schwerhörigen: »Da ist er ja wieder. Das ist nicht der Anton. Aber brauchst keine Angst haben, ich sag nix. Niemandem! Das wär nicht gut, wenn ich was sagen tät.«

Luise tätschelte der alten Frau die Hand und wandte sich an Margret. »Kommst du bitte mit uns nach hinten«, forderte sie die Bäuerin auf.

Deren Gesicht verlor einiges an Farbe. »Wohin?«, fragte sie tonlos.

»In die Fewo. Wir haben da allerlei zu klären. Ich denke, es wird dir lieber sein, als es hier zu besprechen.«

»Immer diese Geheimnisse«, räsonierte die Schwiegermutter und begann neuerlich mit ihren Beteuerungen, eh nichts zu sagen.

Margret trat einen Schritt zurück, ihr Kopf pendelte leicht hin und her, ihre Augen blinzelten, die Hände wischten seitlich an den Jeans entlang.

Luise nahm sie beim Arm und führte sie auf den Hof. Sie öffnete das Polizeisiegel an der Tür und ließ Margret vorgehen.

Im Raum war es stickig. Die Pimpernell deutete dem Inspektor, die Tür offen zu lassen und sich daneben zu postieren. Sie selbst ging mit der Frau in den abgeteilten Schlafbereich. Die versuchte krampfhaft, nicht auf die Markierung auf dem Boden zu schauen, welche die Lage der Leiche anzeigte.

»Margret«, sagte Luise sanft. »Du musst mir jetzt die Wahrheit sagen.«

Die Frau begann zu weinen, ganz langsam rannen die Tränen über ihr Gesicht, sie ließ es einfach geschehen und sprach kein Wort.

»Du kanntest Clemens Holzbauer wesentlich besser, als du uns erzählt hast. Du warst sogar bei ihm in Wien zu Besuch.«

Mit starrem Blick schüttelte Margret Ludwieg kaum merklich den Kopf. Es sah nicht nach Verneinung aus, eher als könne sie irgendetwas einfach nicht fassen.

»Wir haben einen Zeugen, der dich gesehen hat. Ihr hattet ein Verhältnis, stimmts?«

Immer noch schwieg die Frau.

»Wir haben auch deine Anrufliste. Und deine Fingerabdrücke liegen auf der Türklinke über denen von Holzbauer! Das konnten wir bei einem hundertprozentig nachweisen. Du weißt, was das bedeutet? *Du* hast die Tür offen gelassen, als du von ihm weggegangen bist!«

In Margrets Gesicht kämpfte es. Mehrmals setzte sie zum Sprechen an, doch es kam kein Ton aus ihr heraus. »Es war schon zu Ende«, flüsterte sie dann. »Ich habe ihn gebeten, heuer nicht zu kommen. Er rief bei Lois an und buchte erneut die ganze Saison.«

Sie schwankte wie ein Schilfrohr im Wind und wischte mit bloßen Händen in ihrem Gesicht herum. Luise kramte in ihrem Umhängebeutel und reichte ihr ein Taschentuch.

»Wann ist er angekommen?«

»Mittwochnachmittag, aber Lois war die ersten Abende zu Hause und tagsüber waren die Mädels da. Ich konnte nicht mit ihm sprechen. Ich wusste gar nicht, ob ...« Sie verstummte und rieb sich die Augen.

»Was wusstest du nicht?«

»Ob ... ob ... ob er meinetwegen gekommen ist ...« Sie war immer leiser geworden, Luise musste sich sehr anstrengen, um den Abschluss des Satzes überhaupt zu hören. Danach drehte Margret Ludwieg sich um, wankte in den vorderen Teil des Raumes und ließ sich in einen Fauteuil fallen.

»Am Freitag ging Lois zu den Jägern, aber da war Clemens in Neusiedl, und ich rechnete nicht damit, dass er noch vor meinem Mann nach Hause kommen würde. Doch dann war es nicht einmal elf als er kam. Zuerst dachte ich ...« Ein Schluchzen schüttelte sie und unterbrach ihre Erzählung. Luise wartete einfach. »Er war nicht allein! Ich saß vorne in der Küche und schäumte vor Wut. So ein gemeines Schwein. Wer macht denn so etwas?« Margret begann zu husten. Es klang wie ein unterdrücktes Kotzen. »Hast du noch ein Taschentuch«, bat sie dann. Luise reichte ihr ein Päckchen. Langsam zupfte die Frau ein paar Tücher auf einmal heraus, schnäuzte sich ausgiebig und wischte wie in Zeitlupe mehrfach über ihre Augen.

Wieder wartete Luise geduldig.

»Es dauerte nicht lang, da war plötzlich Lärm im Hof. Die Mädchen schimpften und taumelten hinaus, und Clemens stand nackt in der Tür und lachte ihnen hinterher. Ich wartete, bis sie weg waren, dann ging ich nach hinten. Als ich ins Zimmer kam, war er gerade auf dem Weg ins Bad. Er blieb vor mir stehen und lachte, genauso wie er vorher gelacht hatte. Er lachte mich aus!«

Erneut verschlug es Margret die Stimme, und es dauerte einige Zeit, bis sie weitersprechen konnte.

»Ich versuchte, ihn zur Rede zu stellen. Bat ihn, mir zu erklären, warum er gekommen war. Warum er so etwas mit mir machte. Ich verstand es einfach nicht. Er sagte, nirgends sei es so angenehm für ihn, und er wisse nicht, warum er meinetwegen darauf verzichten solle. Dabei legte er sich aufs Bett, verschränkte die Arme hinter dem Kopf und forderte mich auf, zu ihm zu kommen. Ich stand vor dem Bett und konnte es nicht fassen. Er meinte, wenn ich doch schon einmal da sei …«

Luise wechselte einen Blick mit Grümpl. Auch sie konnte es nicht fassen.

»Als ich auf ihn runterschimpfte, sprang er plötzlich auf und presste mich an sich. Ich versuchte, mich zu befreien, aber er drückte mich gegen die Kommode und … und … drängte seine Zunge in meinen Mund. Luise!« Margrets Stimme kippte. »Kannst du dir das vorstellen? An ihm … an ihm … klebte noch alles von dem Mädchen! Und wieder lachte er mich aus. Sagte, er wisse doch, wie sehr ich auf ihn gewartet habe. Dann trieb er mir das Knie zwischen die Beine. Ich … ich …« Sie schlug die Hände vor das Gesicht und fiel in sich zusammen.

Luise strich ihr sanft über die Schulter. »Du hast mit dem Knie zugestoßen«, half sie aus.

Nach einiger Zeit raffte sich die Frau wieder auf. »Ich wollte ihn doch nur von mir wegbringen.« Jetzt wurde ihre Stimme ruhig und klar. Sie schien froh zu sein, dass es vorbei war. »Er fiel um, und ich rannte weg. Ich wusste gar nicht, dass er tot war. Ich war fix und fertig und ging ins Bett, zog die Decke über den Kopf. Bis Lois kam.«

Luises Intuition hatte sich erneut bestätigt. Was vorne so ein schönes Gesicht hatte, war hintenrum ein Riesen-Arsch.

Clemens Holzbauer war ihr von Anbeginn nicht sympathisch gewesen. Er hatte die Menschen in seinem Umfeld auf unappetitlichste Weise benutzt.

Aber auch Arschlöcher darf man nicht töten.

»Wie lange ging das denn mit dir und dem Holzbauer?«, fragte sie nach und bereute es in der Sekunde.

»Du Sau!«, gellte ein Schrei von der Tür her. Lois hatte auch heute beim Heimkommen die offene Tür gesehen und kam nachsehen, was hier los war.

»Du Sau!«, schrie er noch einmal und wollte sich auf seine Frau stürzen.

Lois Ludwieg wusste über Grümpls Kampfsport-Ambitionen Bescheid, dachte jedoch in seiner Wut offensichtlich nicht daran. In Sekundenschnelle landete er auf dem Fußboden, seine Arme wurden ihm von dem kleinen Inspektor auf den Rücken gedreht. Sicherheitshalber legte der ihm Handschellen an, bevor er sich aufrichtete und den Bauern ebenfalls hochzog.

Lois spuckte vor seiner Frau aus, Tränen der Wut spritzten aus seinen Augen. »Du Sau«, wimmerte er immer wieder.

Plötzlich sprang Margret auf.

»Du brauchst nichts zu reden, du Hurenbock«, schrie sie. »Was hast du geglaubt? Dass ich nicht weiß, wo und wie du deine Nächte verbringst? Jeden Tag ein anderer Verein und dazwischen die Weiber. Und ich allein zu Hause und als einzige Ansprache deine Mutter. Dazu pubertierende Töchter, die dir nichts recht machen können und die es an mir auslassen, dass für nichts Geld da ist, außer für den sauberen Herrn Papa. Dass du dich um sie gekümmert hättest, einmal um *uns* gekümmert hättest, das fiel dir nicht ein.« Erschöpft ließ sie sich in den Sessel fallen.

»Was heißt, nicht um euch gekümmert? Wo wärt ihr alle gewesen, ohne mich? Hast dich hier einfach ins gemachte Nest gesetzt. Und wolltest nur vornehme Dame spielen. Dabei hast du von deinen Eltern nicht einmal eine Mitgift bekommen.«

»Und wer hat für deinen Kredit gebürgt, als dir die Bank trotz eurer Freunderlwirtschaft keinen mehr geben wollte? Mein Vater. Der dann auch noch dafür bezahlen musste, als die Bank regressiert hat, weil du die Raten nicht eingehalten hast.«

»Er hat es mir nicht geschenkt. Verlangt es zurück. Feine Familie das.«

»Warum sollte er es dir schenken? Damit du es ins Puff tragen kannst? Ich hätte auf ihn hören und schon damals von dir weggehen sollen. Als er es dir gegeben hatte, war es zu spät.«

»Wärst du doch nur gegangen, du Schlampe! Wie stehe ich nun da?«

»Ja. Das ist deine größte Sorge. Aber wenigstens das ist mir eine Genugtuung, dass deine Kumpane sich nun hinter deinem Rücken ins Fäustchen lachen. Da bist du wohl jetzt unten durch. Mit den Hörndln auf deiner Glatze.«

»Genug!«, donnerte die Pimpernell und war selbst überrascht, als die beiden ihre Keiferei einstellten. Sie forderte Margret auf, mit ihr zu kommen, und manövrierte sie an ihrem Ehemann vorbei durch den Hof, hinaus zu ihrem Auto.

Als sie beim Eingang zum Wohnbereich vorbeikamen, stand dort die alte Frau Ludwieg auf den Stufen und versprach lächelnd: »Ich sag nix! Ich sag sicher nix! Das wär nicht gut, wenn ich was sagen tät.«

34

Diesen Abend rannte Luise beinahe den Weinberg hinauf. Sie hatte es eilig, auf ihren Parcours zu kommen. Es gab so viel zu denken und so viel, das sie in ihrem Inneren wieder ins Gleichgewicht bringen musste. Der Fall hatte ihr Einblicke verschafft, die sie an manchen Punkten sehr gedankenvoll zurückließen.

Die Korruption und Freunderlwirtschaft in ihrem Heimatland berührten sie nicht persönlich. Sie wusste davon, aber auch, dass sie selbst absolut keinen Einfluss darauf hatte. Außerdem besänftigte sie der Gedanke ein wenig, dass es in anderen Ländern noch viel schlimmer war.

Wohl war sie seinerzeit Polizistin geworden, weil sie genau dagegen ankämpfen wollte. Doch mit der Zeit war ihr klar geworden, dass dieser Windmühlenkampf nur ihre eigene Energie schluckte.

Sie liebte ihre Heimat, sie liebte ihr Leben, und mit den Herausforderungen war sie bisher immer gut zurechtgekommen.

Immer? dachte sie.

Doch, ja immer, konnte sie sich bestätigen. Sie hinterfragte immer, wo sie selbst in einer Situation stand, um sich von ihrem Umfeld so wenig wie möglich manipulieren zu lassen. Es war ihr wichtig, die Verantwortung für ihren Bereich zu erkennen und zu tragen. Ihr Motto lautete, niemals aus Bequemlichkeit die Augen vor den Herausforderungen zu verschließen, die sich ihr auf dem von ihr gewählten Lebensweg stellten. Sie wusste genau, nur durch ihr Wirken im Kleinen, durch das, was sie in die Gemeinschaft einbrachte, konnte sie auch im Großen etwas verändern. Und dieser Herausforderung stellte sie sich täglich.

Was sie bei diesem Fall erschüttert hatte, war das Schicksal einer Familie in ihrer Nachbarschaft. Die Familie Ludwieg war zerstört worden. Durch einen Seitensprung, von dem sich Margret eigentlich nur ein bisschen Zusatzglück erhofft hatte, weil der Frust ihres Alltags überhandgenommen hatte. Wie schnell doch Wendungen eintraten und man sich mit Konsequenzen seines Handelns konfrontiert sah, an die man nicht einmal im Traum gedacht hatte. Wäre Lois hinter das Verhältnis gekommen, hätte es wohl zur weiteren Zerrüttung der Ehe beigetragen, und Margrets Stand in der Familie wäre noch schwieriger geworden. Aber das war oft und in vielen Ehen so.

Doch hier hatte alles nun so viel weitreichendere Folgen. Margret würde der Prozess gemacht werden. Selbst wenn sie vielleicht nicht ins Gefängnis kam, hierher und zu ihren Kindern zurückkehren würde sie wohl nicht mehr können.

Die Ereignisse hatten Luise Pimpernell jedoch auch über ihr eigenes Leben zum Nachdenken gebracht. Sie eilte zu ihrer Lieblingsbank, weil sie hoffte, dort damit ins Reine zu kommen.

Das heutige Schauspiel des Sonnenuntergangs war von besonderen Mustern am Himmel begleitet. Kleine weiße Wolken schwebten in riesigen dunklen, deren Ränder ins Violett verliefen. An den Säumen der Wolkengebilde flossen die Sonnenstrahlen von Hell- in Dottergelb. Und all das spiegelte sich in einer an diesem Abend sehr ruhigen Wasserfläche des Sees. Sie spürte, wie dieses Bild sich in ihr ausbreitete und Mut daraus wuchs, sich den persönlichen Fragen zu stellen.

Anton.

Vierzig Jahre wären sie nun zusammen. Wäre ihre Liebe ebenfalls im Alltag versickert? Hätte sich auch zwischen ihnen Gleichgültigkeit und Betrug breitgemacht? Hätten auch sie den Mut nicht gehabt, sich zu trennen, wenn ihnen die Liebe verloren gegangen wäre? Hätten auch sie es vielleicht gar nicht erkannt, den täglichen Trott als normal hingenommen, und ebenfalls versucht, sich außerhalb ein kleines Glück oder zumindest Bestätigungen zu suchen?

Das Himmelsbild änderte sich. Die Sonnenstrahlen schienen in Streifen aus einer der dunklen Wolken zu fallen. Als Kind hatte Luise immer geglaubt, dass der liebe Gott dann auf die Welt schaue, weil sie in der Schule den Blick des Herrn so gezeichnet hatten.

Auch heute fühlte sie sich, als würde der liebe Gott ein Auge auf sie haben. Sie nahm den Hut ab und spürte den leichten Kuss Antons auf ihrem Haar. Vierzig Jahre vergangen und doch so nah. Der Alltag hatte ihre Nähe nicht zerstören können. Eine Woge der Dankbarkeit durchflutete sie und ging in eine sanfte Welle des Glücks über.

So blieb sie sitzen, bis sie Stimmen herannahender Spaziergänger hörte. Sie setzte den Hut wieder auf und machte sich auf den Rückweg.

Das ein oder andere Glasl beim Emser wäre wohl der richtige Abschluss für diesen Tag. Sie hoffte nur, dass der Bürgermeister nicht auf den gleichen Gedanken gekommen war.

ENDE

Luise Pimpernell kocht

gebräuchliche Abkürzungen: TL (Teelöffel) – EL (Esslöffel) – dag (Dekagramm = 10 Gramm)

Balasn

¼ l Milch
2 EL Schmalz
2 EL Butter
ca. 30 dag glattes Mehl
6 Eidotter
Schmalz oder Öl zum Herausbacken

Fülle:
½ kg saure Äpfel
1 Spritzer Zitronensaft
2 EL Zucker
Zimt

Milch mit Schmalz und Butter anwärmen. Mehl und Eidotter unterrühren, bis ein geschmeidiger Teig entsteht. Diesen ungefähr 1 Stunde rasten lassen.

Die Äpfel reißen(reiben), mit Zitronensaft beträufeln und mit Zucker und Zimt verrühren.

Auf einer bemehlten Fläche den Teig messerrückendick ausrollen. Rechtecke ausschneiden, mit der Fülle belegen, die

Ränder fest zusammendrücken und mit dem Mehlspeisradl ausradeln.
Die Balasn 1 ½ bis 2 Minuten in heißem Fett herausbacken.
Mit Staubzucker bestreuen.

Luise Pimpernell bäckt ihre Balasn am liebsten in Schmalz heraus und liebt Zimtzucker zum Drüberstreuen.

Fogosch (Zander) gebraten

Zanderfilets
Zitronensaft zum Marinieren
Mehl
Paprikapulver, edelsüß
Paprikapulver, extrascharf
Knoblauch
Salz
Pfeffer
Thymian- und Rosmarinstängel
Öl zum Braten
Butter zum Aufschäumen

Luise Pimpernell kauft ihren Zander beim Fischer und teilt den Fisch von der Oberseite des Rückens aus in zwei Teile. Für sich allein brät sie dann eben nur eine Hälfte und hebt die zweite für eine weitere Mahlzeit auf. Man kann aber auch gut Zanderfilet dafür verwenden.

Fischstücke mit Zitronensaft marinieren. Nach ein paar Minuten abtupfen und einsalzen. In Mehl wenden. Mit Paprikapulver bestäuben, einen Hauch Pfeffer drüberreiben und mit Zweigen von Thymian und Rosmarin in das heiße Öl einer Bratpfanne geben. Zügig, aber nicht zu heiß braten.

Den Fisch auf einen vorgewärmten Teller legen. Mit einem Spritzer Wasser den Bratrückstand in der Pfanne lösen. Knoblauch nach Geschmack hineinpressen, alles mit Butter aufschäumen und den Fond über den Fisch gießen.

Luise mag dazu Petersilerdäpfeln, die sie auf eine Art zubereitet, die sie für die einzig richtige hält: Die in der Schale gekochten Erdäpfel heiß schälen, in ein Reindl geben, Salz, Petersilie und ausreichend Butter dazu, Deckel drauf und alles gut durchschütteln.

Gefüllte Paprika mit Paradeissauce

5 Paprika
½ kg Faschiertes (Hackfleisch)
1 Semmel
3 mittlere Zwiebel
2 Knoblauchzehen
1 kg große Paradeiser (Tomaten)
2 EL Paradeismark
Salz, Pfeffer, Senf,
Öl

Von 4 Paprika die Kappen abschneiden und die Früchte vorsichtig aushöhlen.

Zwiebeln rösten. 2/3 davon wegnehmen und mit dem Faschierten vermengen. Ein bisschen von dem 5. Paprika klein schneiden und dazugeben.

Die Semmel in Wasser einweichen, ausdrücken, zum Fleisch geben. Mit Senf, Knoblauch, Salz und Pfeffer abschmecken.

Die Farce in die Paprika füllen, die Deckel wieder aufsetzen und eng nebeneinander in eine Pfanne mit heißem Öl schlichten. Langsam im Rohr braten. Den Rest des 5. Paprikas kann man auch mitbraten. Immer wieder leicht untergießen, damit nichts anbrennt.

Die Paprika herausnehmen und den Fond auflösen.

Die Paradeiser schälen, würfeln. Den Rest von der gerösteten Zwiebel mit 1 EL Zucker karamellisieren und mit den Paradeisern aufkochen. Paradeismark zugeben, den Bratfond zugießen (ruhig mit den gebratenen Paprikastücken) und alles einkochen lassen. Mit Salz und Pfeffer abschmecken.
Passieren.

Luise Pimpernell mag gerne gedünsteten Reis dazu. Und sie mag die Paradeissauce lieber nicht passiert und ohne Zucker, gibt sogar eher einen Spritzer Zitrone dazu.

Krautstrudel

1 kg Weißkraut
2 große Zwiebeln
2-3 Knoblauchzehen
15 dag Grammeln (Grieben) und/oder Speck gewürfelt
3 EL Kristallzucker
2 Strudelteigblätter
1 kräftiger Spritzer Essig (Hesperiden)
Öl oder Schmalz
nach Wunsch klare Suppe (Brühe)

Kraut in dünne Streifen schneiden, etwas Kümmel untermengen, fest einsalzen, zudecken und den Deckel beschweren. Eine gute Stunde ziehen lassen.

Zwiebel anrösten, Speck und/oder Grammeln zugeben, kurz mitrösten, Zucker drüberstreuen und so lange mitrösten, bis er zu karamellisieren beginnt. Kraut dazugeben, den Knoblauch hineindrücken, mit einem Spritzer Essig und mit Majoran, Kümmel und Pfeffer nach Geschmack würzen.
Ein bisschen Wasser oder Suppe zufügen und das Kraut weichdünsten.

Die Strudelblätter auf einem Geschirrtuch ausrollen. Mit etwas Öl oder Schmalz bestreichen, ein zweites Strudelblatt darüber legen und die Krautmasse regelmäßig darauf verteilen. Die Seiten einschlagen und dann den Strudel mit Hilfe des Tuches einrollen.

Mit Fett bestreichen und im Backrohr bei 180 Grad circa 30 Minuten backen.
Den Strudel warm mit Sauerrahm servieren.

Luise Pimpernell mag den Krautstrudel aber gerne auch kalt.

Letscho-Rostbraten

4 große Rindsschnitzel
2 Zwiebeln
2 Knoblauchzehen
1 grüner und 1 roter Paprika
3 große Paradeiser (Tomaten)
je ein TL Paprikapulver edelsüß und extrascharf
1 EL Paradeismark
Mehl
Kümmel, Majoran zum Würzen
Schmalz oder Öl
nach Wunsch klare Suppe (Brühe)

Rindschnitzel dünn ausklopfen, salzen und pfeffern und in Mehl wenden.

In heißem Schmalz kurz anbraten.

Paprika klein schneiden, die Paradeiser schälen und würfeln.

In einer zweiten Pfanne, die grobgeschnittenen Zwiebel anrösten, zuletzt auch die Paprikastreifen, Paprikapulver einstreuen und rasch ablöschen mit wenig Wasser oder Suppe. Die Paradeiser und das Paradeismark zufügen, den Knoblauch hineinpressen und mit Salz, Kümmel, Majoran und Pfeffer würzen.

Das Gemüse über das Fleisch gießen und es langsam weichdünsten.

Immer nur wenig Flüssigkeit verwenden, lieber öfter ein bisschen nachgießen. Das Fleisch soll nicht gekocht, sondern in einem sämigen Letschosaft gedünstet werden.
Dazu passen Bratkartoffeln ausgezeichnet.

Luise Pimpernell gibt einen Löffel Sauerrahm über den Letscho-Rostbraten und isst gerne gedünsteten Reis dazu, aber es passen auch Bratkartoffeln ausgezeichnet.

Ritscher

1 kg Schweinefleisch mit Schwarte (Bauchfleisch oder Schulter), wahlweise auch Geselchtes
Mehl
20 dag Rollgerste
20 dag Bohnen
eventuell eine Handvoll Erbsen
1 Bund Suppengrün
1 große Zwiebel
Petersilie
verschiedene Kräuter nach Gusto

Rollgerste und Bohnen über Nacht einweichen (getrennt).

Fleisch, Rollgerste, Bohnen mit Salz, einem Lorbeerblatt und Suppengrün weichkochen.

Zwiebel anrösten, vor dem Ablöschen ein bisschen Mehl und Petersilie mitrösten. Fleisch, Rollgerste, Bohnen und Gemüse dazugeben, mit etwas Suppe zu einem dickflüssigen Eintopf verkochen. Je nach Geschmack mit Thymian, Majoran, Liebstöckel, Bohnenkraut abschmecken.

Luise Pimpernell bestreut den Ritscher vor dem Servieren gerne mit gebratenem Selchspeck.

Strauben

50 dag glattes Mehl
1 Prise Salz
5 dag Zucker
10 dag Butter
4 Eidotter
1/16 l Weißwein
1 Schuss Rum
1/8 l Sauerrahm
Öl zum Ausbacken
Staubzucker und Vanillezucker oder auch Zimt zum Bestreuen

Mehl und Zucker in einer großen Schüssel mit der Butter verbröseln. Dotter und Sauerrahm einmengen, mit dem Weißwein und Rum zu einem glatten Teig verrühren.

Eine halbe Stunde rasten lassen.

Den Teig messerrückendick ausrollen, 2x zusammenschlagen und eine halbe Stunde kühl stellen.

Den Teig wieder messerrückendick ausrollen, in ca. 10 cm große Quadrate schneiden, 3-4 Schlitze hineinradeln und dann über einem Kochlöffelstiel ins heiße Fett gleiten lassen. Goldgelb backen und mit Zucker bestreuen.

Im Burgenland nennt man die Strauben auch gern Schneeballen.

Luise Pimpernell mag sie am liebsten mit Zimtzucker bestreut.